JN119393

松本清張はよみがえる

国民作家の名作への旅

酒井信

西日本新聞社

はじめに

松本清張の生き方に励(はげ)まされる人は多いのではないだろうか。清張が描いた登場人物たちが内に抱える、恨(うら)みや妬(ねた)み、復讐(ふくしゅう)心に共感を覚える人も多いと思う。

平成不況と令和のコロナ禍を通して、所得や資産、教育や情報、居住地や家庭環境の格差が広がってきた。オンラインの世界では、人々の「怒り」や「怨嗟(えんさ)」、「嫉妬(しっと)」の感情が吹き荒れ、週刊誌を開き、様々な記事の背後にある「人間臭い動機」に目を向ければ、「清張的な事件」が現代日本でも数多く報じられていることが分かる。

作家の松本清張（1909～92）が亡くなって30年以上の時が流れた。41年ほどの作家生活で長・短編合わせて1000に及ぶ作品を手がけた清張が繰り返し描いたように、私たちは「生まれや育ち」で、その後の人生が左右される「不公平な時代」を生きている。この本では清張が残した著作から50の代表作を取り上げ、現代の作家の筆致と比べながら、清張作品が持つ「リアリティ」や「まがまがしい魅力」に迫っていく。

松本清張のミステリには「名探偵」は登場しない。新聞記者、ベテラン刑事、被害者の友人や親族など、どこにでもいるような無名の人物たちが「泥臭い捜査を行う探偵役」になる。事件に巻き込まれたごく普通の人々が、「足で稼いだ情報」を手掛かりにして、日常の中に潜む「ミステリ」をひも解いていくのだ。

清張作品の魅力は、多様な女性の内面に迫る筆致にもある。清張は「婦人公論」などの連載を通して女性読者を多く獲得していたが、一見すると社会に適応しているように見えて、一皮むくと社会から逸脱した欲望を内に抱える女性を描くのが上手い。岩下志麻や松坂慶子、名取裕子や米倉涼子など、清張原作の映像作品は数多くの大女優を育てた。

松本清張は貧しい家庭で生まれ育ち、高等小学校卒の学歴で印刷画工として働き、41歳で作家となった。まぎれもなく彼は「叩き上げの作家」であり「立志伝中の人物」であった。清張はミステリ小説に限らず、純文学、時代小説、戦後日本の闇を暴くノンフィクション、考古学の知見を踏まえた論考など、ジャンルを超えて数多くの作品を記し、『砂の器』、『点と線』、『ゼロの焦点』など数多くのベストセラーを世に送り出した。

執筆の方法も独特で、他の作家にもまして編集者に「感想」を求め、様々な専門家に電話で「取材」を重ね、一般に出回らない警察や官庁などの資料をかき集め、印刷画工時代から愛用している製図台の上で、小説を記した。晩年には、考古学への愛が高じて「邪馬台国九州説」を背負う存在にもなった。

まぎれもなく松本清張は、戦後日本を代表するベストセラー作家であり、映像メディアの世界にも巨大な足跡を残した国民作家でもあった。映画化された作品が36本、ドラマ化された作品は無数にあり、放送回数は千回をゆうに超える。「張込み」、「一年半待て」、「霧の旗」、「天城越え」、「わるいやつら」、「黒革の手帖」など、それぞれの映像作品が、時間を経ても変化しない人間の欲望や感情を、巧みにとらえている。

41歳で作家としてデビューし、46歳で専業作家となった清張のバイタリティに学ぶことは多い。清張の妻・直子の回想によると、彼は「とにかく仕事が好きで、時間があれば何かやっていました。努力家というか、勉強家というか、子どもたちとのんびりはしゃいだり、何も考えないでぼんやりするなんていうことはまずありません。書くことでも英語の勉強でも、やりたいことをやって、それがまた、いい方にいい方に向くんです」[(1)]と述べている。たとえば清張が英語を独学で勉強し始めたのは、戦時中に朝鮮半島に滞在していた時で、苦しい状況でも前向きに生きる彼の姿に頭が下がる思いがする。

本書は新聞連載をもとにしていることもあり、清張作品をどのように読んでいいか分からない読者に向けた「入門書」という性格も持つ。作品の主な舞台となった場所（推定を含む）も付記しているので、清張作品の「聖地巡礼本」という性格も有している。この本の批評を通して、松本清張という稀代（きだい）の大作家への関心を拡げてもらえれば嬉しい。

(1) 松本直子「『俺は命の恩人だぞ』と妻に言っていた」「文藝春秋」文藝春秋、1998年2月号、306頁

松本清張はよみがえる ◎ 目次

〈関東甲信地方〉

❿『一年半待て』静岡県伊東市 伊東駅（1984年のドラマ版のロケ地）

⓫『地方紙を買う女』山梨県甲府市 昇仙峡（本作ではK市の臨雲峡）

⓳『波の塔』山梨県南都留郡富士河口湖町 青木ケ原樹海

㉒『天城越え』静岡県河津町 天城山隧道

㉞『花実のない森』神奈川県足柄下郡湯河原町 万葉公園

〈中部地方〉

⓮『無宿人別帳』新潟県佐渡市

⓰『ゼロの焦点』石川県羽咋郡志賀町 ヤセの断崖（映画版のロケ地）

⓱『黒い画集 遭難』長野県大町市 鹿島槍ヶ岳

㊾『疑惑』富山県富山市（本作ではT市）

〈近畿地方〉

❻『顔』滋賀県大津市 延暦寺

❽『小説日本芸譚』京都府京都市上京区 聚楽第 本丸西濠跡

⓭『眼の壁』三重県伊勢市

㉖『球形の荒野』奈良県奈良市 唐招提寺

㊶『Dの複合』京都府京丹後市 浦島太郎出生地跡

㊷『内海の輪』兵庫県西宮市 蓬萊峡

㊿『神々の乱心』奈良県吉野郡吉野町

〈中国地方〉

❹『父系の指』鳥取県日野郡日南町 矢戸

❼『共犯者』島根県松江市（本作では山陰のM市）

㉘『砂の器』島根県仁多郡奥出雲町 亀嵩

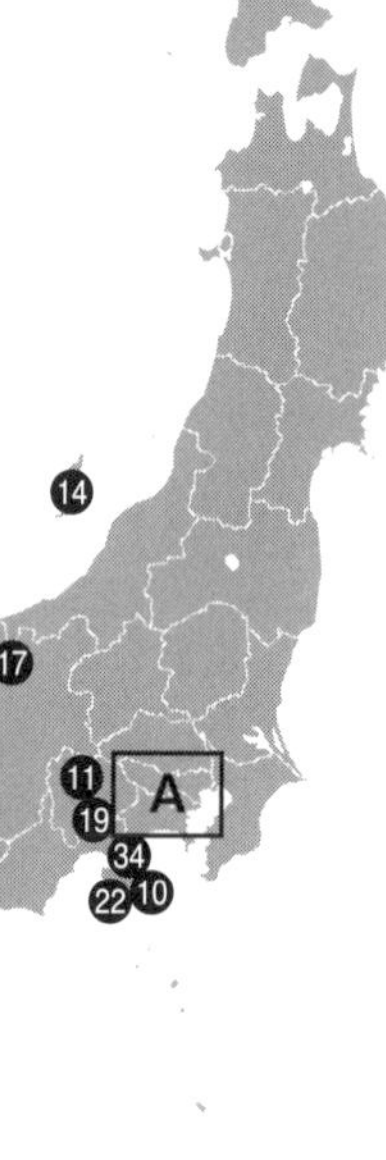

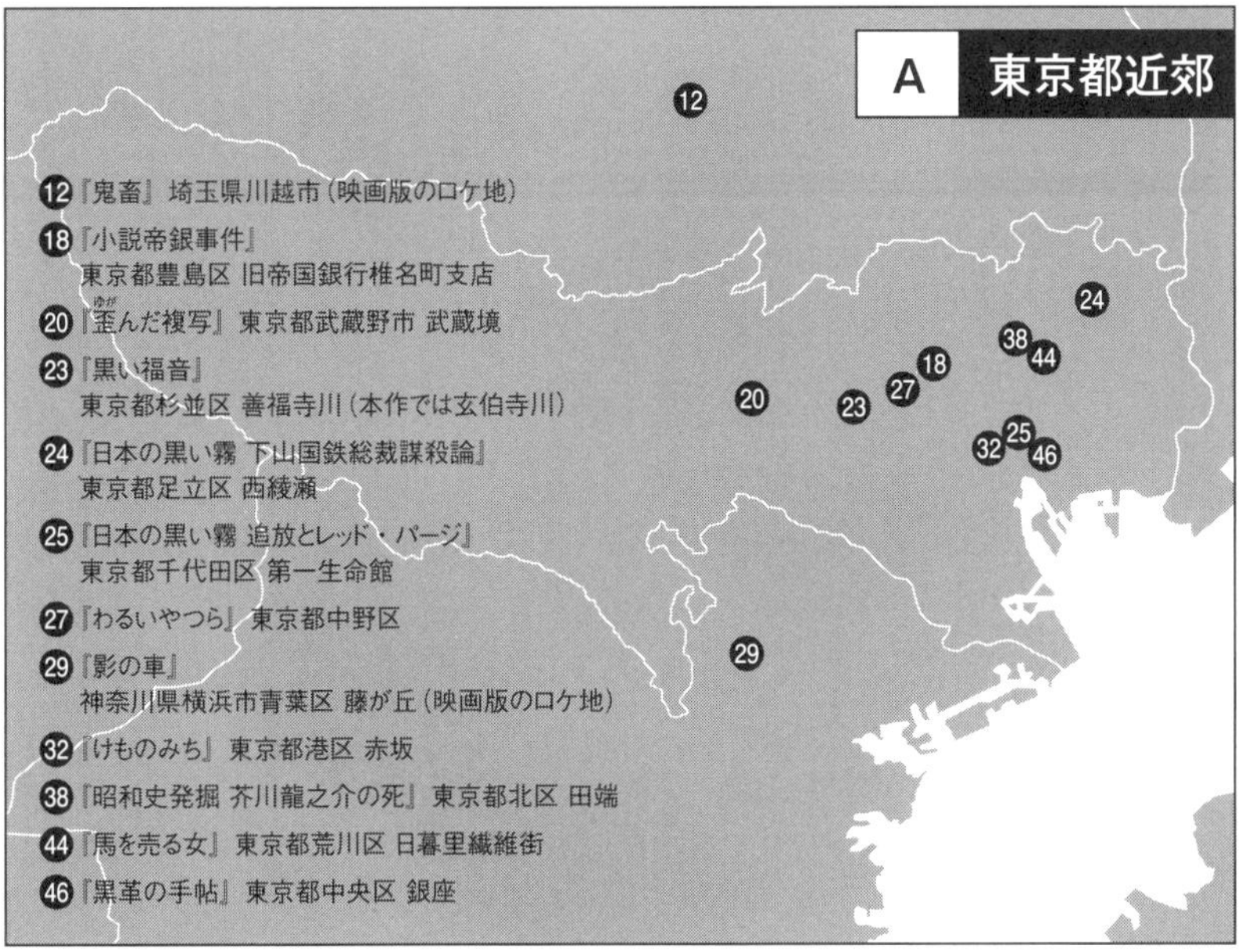

A 東京都近郊
12 18 20 23 24 25 27 29 32 38 44 46
⓬『鬼畜』埼玉県川越市（映画版のロケ地）
⓲『小説帝銀事件』
東京都豊島区 旧帝国銀行椎名町支店
⓴『歪(ゆが)んだ複写』東京都武蔵野市 武蔵境
㉓『黒い福音』
東京都杉並区 善福寺川（本作では玄伯寺川）
㉔『日本の黒い霧 下山国鉄総裁謀殺論』
東京都足立区 西綾瀬
㉕『日本の黒い霧 追放とレッド・パージ』
東京都千代田区 第一生命館
㉗『わるいやつら』東京都中野区
㉙『影の車』
神奈川県横浜市青葉区 藤が丘（映画版のロケ地）
㉜『けものみち』東京都港区 赤坂
㊳『昭和史発掘 芥川龍之介の死』東京都北区 田端
㊹『馬を売る女』東京都荒川区 日暮里繊維街
㊻『黒革の手帖』東京都中央区 銀座

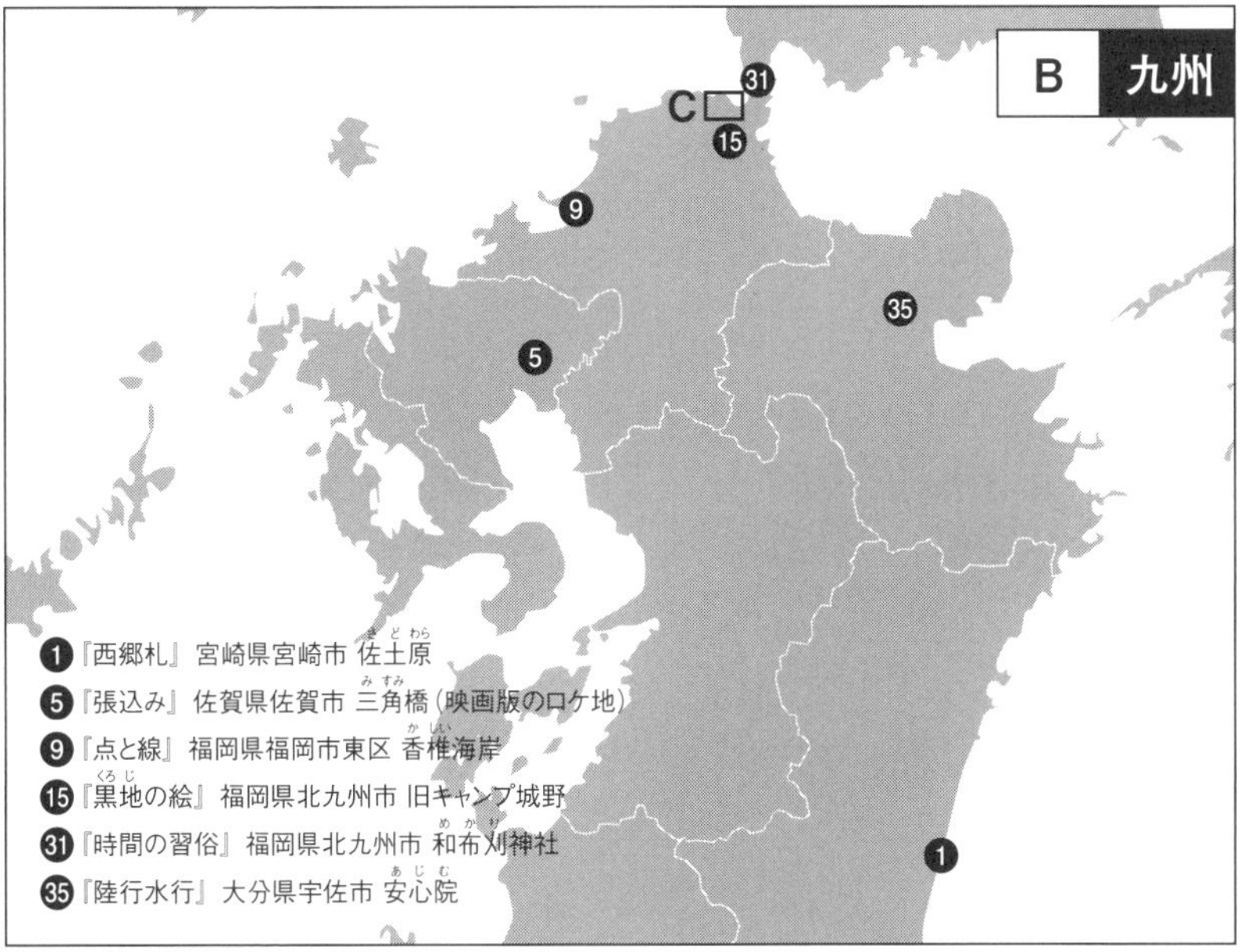

B 九州
C
31 15 9 35 5 1
❶『西郷札』宮崎県宮崎市 佐土原(さどわら)
❺『張込み』佐賀県佐賀市 三角橋(みすみ)（映画版のロケ地）
❾『点と線』福岡県福岡市東区 香椎(かしい)海岸
⓯『黒地(くろじ)の絵』福岡県北九州市 旧キャンプ城野
㉛『時間の習俗』福岡県北九州市 和布刈(めかり)神社
㉟『陸行水行』大分県宇佐市 安心院(あじむ)

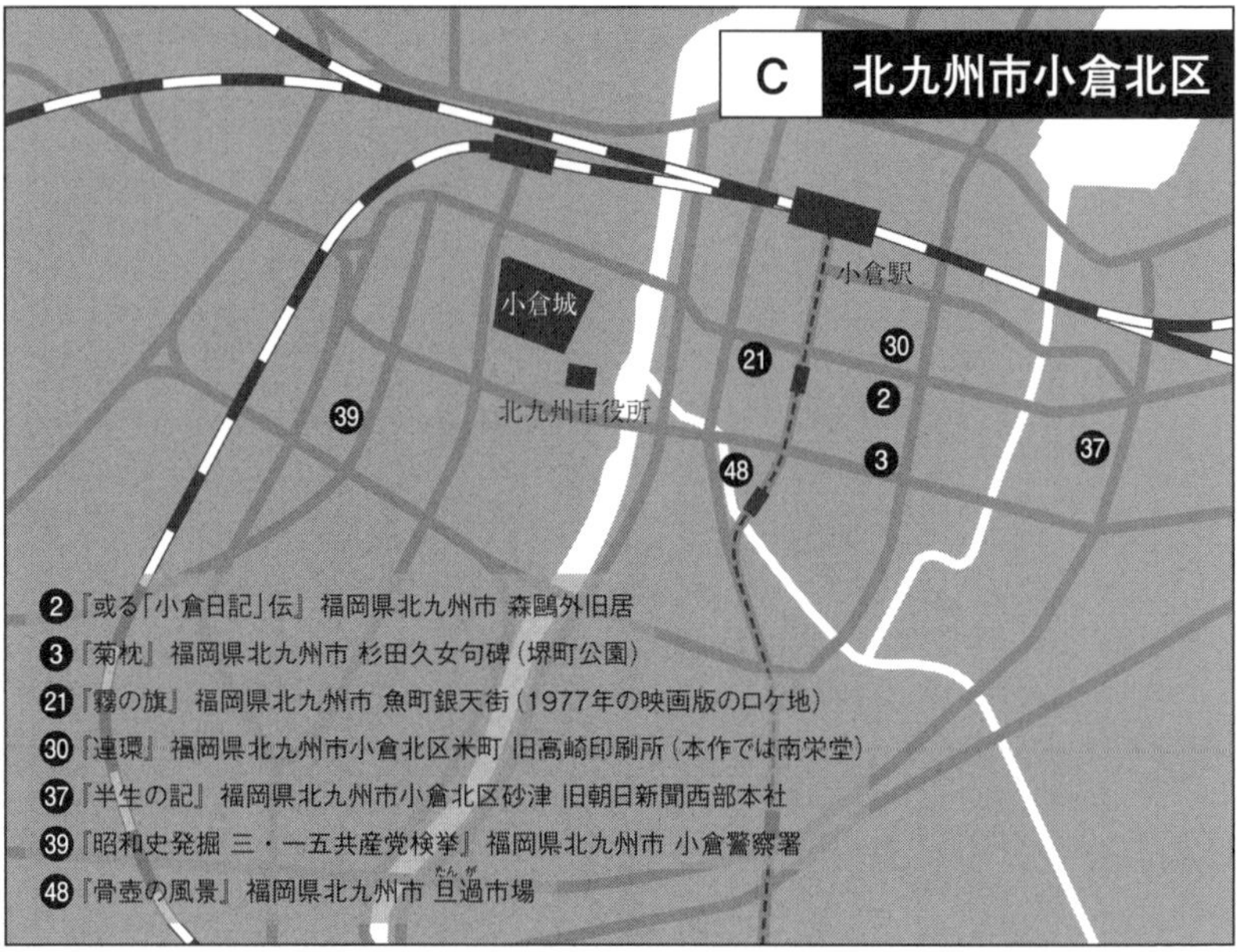

C 北九州市小倉北区

小倉駅
小倉城
北九州市役所

❷『或る「小倉日記」伝』福岡県北九州市 森鷗外旧居
❸『菊枕』福岡県北九州市 杉田久女句碑（堺町公園）
㉑『霧の旗』福岡県北九州市 魚町銀天街（1977年の映画版のロケ地）
㉚『連環』福岡県北九州市小倉北区米町 旧高崎印刷所（本作では南栄堂）
㊲『半生の記』福岡県北九州市小倉北区砂津 旧朝日新聞西部本社
㊴『昭和史発掘 三・一五共産党検挙』福岡県北九州市 小倉警察署
㊽『骨壺の風景』福岡県北九州市 旦過（たんが）市場

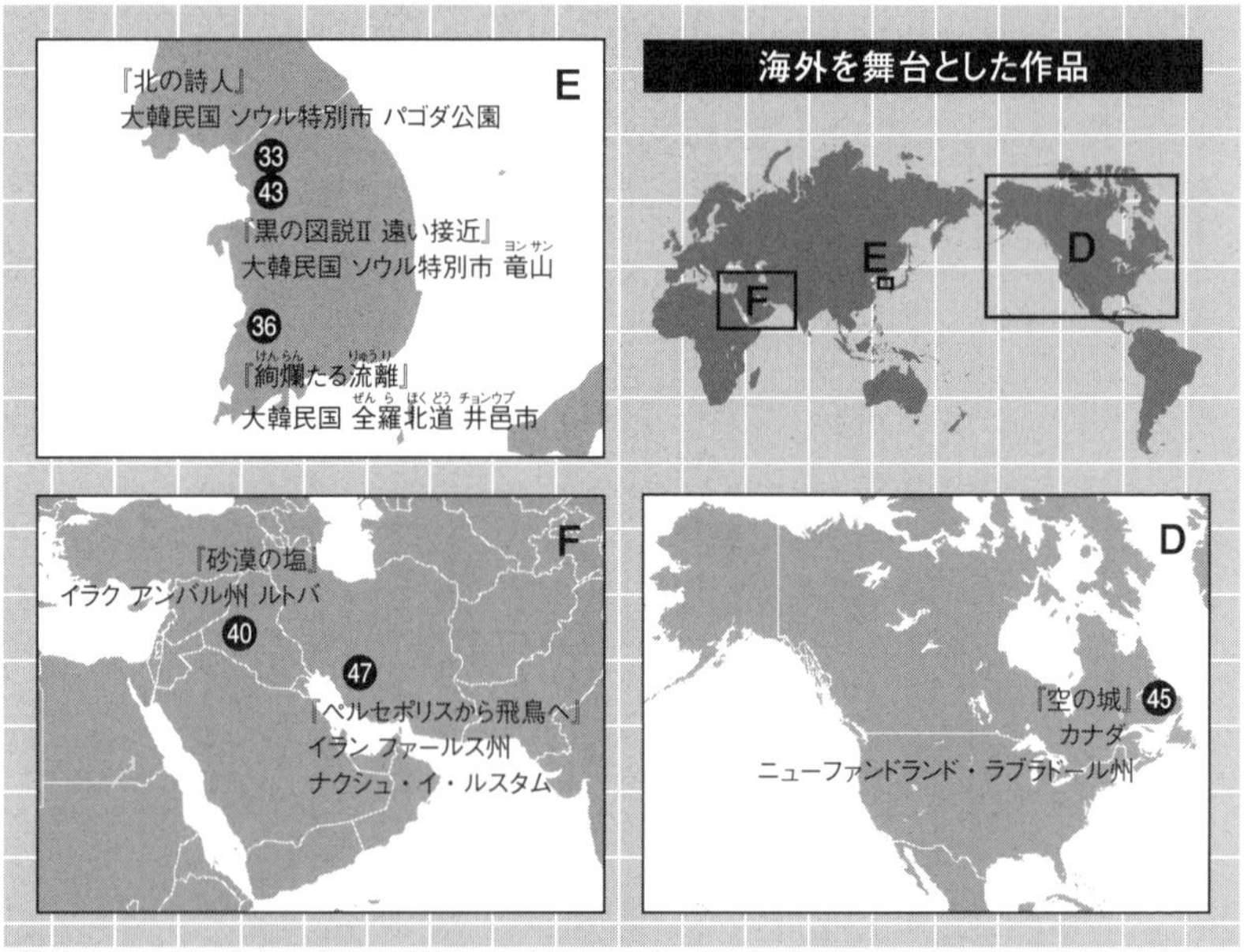

海外を舞台とした作品

E
『北の詩人』
大韓民国 ソウル特別市 パゴダ公園
33
43
『黒の図説Ⅱ 遠い接近』
大韓民国 ソウル特別市 竜山（ヨンサン）
36
『絢爛（けんらん）たる流離（りゅうり）』
大韓民国 全羅北道（ぜんらほくどう） 井邑（チョンウプ）市

F
『砂漠の塩』
イラク アンバル州 ルトバ
40
47
『ペルセポリスから飛鳥へ』
イラン ファールス州
ナクシュ・イ・ルスタム

D
『空の城』45
カナダ
ニューファンドランド・ラブラドール州

1　1950年代

❶

西郷札

初出 1951年／主な舞台 宮崎県宮崎市佐土原

維新後の庶民の変化
軍票に着目した出世作

短編小説「西郷札」は松本清張が1951（昭和26）年に発表した第1作である。清張は10代の頃から文学書を読み、小説を書いたこともあったが、文学では生活できないと考え、長い間、小説の執筆を止めていたという。彼は戦後のインフレの中で、一家8人の生活費を捻出する必要に迫られ、朝日新聞西部本社から発刊された「朝日ウィークリー」に数回寄稿した後、「週刊朝日」の「百万人の小説」に応募する。戦前は生活のために筆を折った清張が、戦後は生活のために筆を執ったというのが興味深い。

当時、清張は朝日新聞の西部本社で広告の版下を描く仕事をしていた。彼が41歳で発表した「西郷札」は、高い質を有した歴史ミステリであったが、勤務先の朝日新聞の公募で「締め切りにだいぶん遅れて出した」[1]こともあり、三等（賞金10万円）での入選だった。

本作が発表された51年は大卒の国家公務員の初任給が5500円で、2022年の初任給が21万6千円であることを考えると、賞金10万円は現在の金額で393万円ほどの価値があったと推定できる[2]。「西郷札」は直木賞の候補にもなり、三等の入選作として異例と言える高い評価を受けた。清張は仕事の幅を広げ、翌年、三田文学に「或る『小倉日記』伝」を発表し、再度、直木賞の候補となる。直木賞の選考委員だった永井龍男が「これは芥川賞むきだから」と述べ、同賞の選考委員会に回し、坂口安吾などが高く評価したことで、清張は芥川賞を獲得して作家として世に出ることになる。

松本清張は坂口安吾のお陰で作家として知名度を高めたが、エッセイ「坂口安吾氏に私は一度も会わずじまいだった」らしい。その理由として清張は次のように述べている。「ひとつは、坂口氏が私にはひどく怕い作家にみえ、寄りつきがたく思われたからでもある。これは氏の作品よりも、新聞、雑誌などのゴシップによるところが大きい。私は生活的には小心者だから、氏のスケールの大きさを想像して畏怖していたのである。税金闘争や伊東競輪のインチキ判定論争、酒、ヒロポンの噂、いずれもすさまじいものばかりで、氏を別世界の巨人と思っていた」(3)と。

自己の作品では様々な犯罪を描いてきた松本清張だが、40歳を超えてデビューした作家らしく、私生活は堅実であり、他の作家との交流も、「小心者」という自己評価にふさわしく、控え目であった。坂口安吾は1906年の生まれで、その3年後の1909年の生まれの清張と歳は近かった。ただ衆議院議員の父を持ち、20代半ばで文名を高め、破天荒な人生を歩んできた安吾と清張の間には、年齢差以上に、生まれ育っ

た環境や価値観の上で大きな隔たりがあった。

「西郷札」は「語り手」が働く新聞社で「九州二千年文化史展」が企画される場面から始まる。そこに西南戦争時に薩摩軍が発行した軍票・西郷札が出品され、その由来を記した「覚書」の書き手・樋村雄吾の物語がひもとかれていく。西郷札という魅力的な題材をもとに、創作を多く含んだミステリ小説で、明治維新という革命が庶民の心に与えた変化を巧みに描いている。

主人公の雄吾は日向国佐土原（現・宮崎市）の藩士の家に生まれたが、12歳の時に明治維新となり、その3年後の廃藩置県で世禄を失って農民となる。やがて彼は西南戦争に身を投じ、田原坂の戦いで敗れ、兵站方の資金不足を補うため西郷札の造幣に携わることになる。5円、10円など高額の西郷札は市井の人々から使うことを嫌われたが、戦局が悪化していたこともあり、薩摩軍は威嚇半分で商人たちに西郷札を押し付け、食料を集めていく。

芸者が自らの負債を西郷札で清算しようと試み、貸主が嫌がると、薩摩軍の後ろ盾があることをほのめかし、「人切り庖丁の御馳走がまいりませうぞ」と脅すエピソードが生々しい。「西郷札」は、明治維新後の世の中の変化を西郷札という小道具を用いて描いた、清張らしいサービス精神に満ちたデビュー作である。現在でも西郷札は、オークションで、高値で取引されており、人気が高い。

「西郷札」に類似した現代小説として、佐世保とおぼしき街を舞台に「偽札」が飛び交う物語を展開した佐藤正午の『鳩の撃退法』が思い浮かぶ。この作品で佐藤は山田風太郎賞を獲得し、作家として再評価され、次作の『月の満ち欠け』で60歳を超えて直木賞を受賞した。このような佐藤正午の姿は、40歳を過ぎて「西郷札」で作家としてデビューし、遅咲きの作家らしく、成熟した小説の技法を高く評価された清張の姿と重なって見える。

清張はこの小説を書いたきっかけについて次のように記している。「ある日、必要があって百科辞典を繰っていると、『西郷札』という項目が目についた。何気なく読んでいると、その解説から一つの空想が浮んだ。私はなんだかその空想が小説的のように思われた」[(4)]と。

「西郷札」は、様々な偶然が重なって松本清張を作家として世に送り出した記念すべき作品である。「この作品は三等一席というヒラ入選だったが、週刊朝日の高山毅(つよし)さん（故人）の好意で二十六年三月の春季増刊号というのに掲載された。一等当選作以外に活字になったのはわたしのものだけで、二等一席の五味川淳（五味川純平）の原稿も三等二席の南条道之助（南条範夫(のりお)）のそれも不幸にも活字にはならなかった」[(5)]らしい。

本作は、戦後の混乱期に朝日新聞で広告の版下を作りながら、ほうきの仲買で何とか大家族の生活を支えてきた清張が、一度は折った筆を手に取り、様々な「運」を引き寄せて、人生を変えることに成功した「一世一代の名短編」である。

(1)「あとがき」『松本清張全集35　或る「小倉日記」伝』文藝春秋、1972年、521頁
(2) 人事院「国家公務員の初任給の変遷（行政職俸給表（一））」〈https://www.jinji.go.jp/kyuuyo/index_pdf/starting_salary.pdf〉最終アクセス2023年9月28日
(3)「坂口安吾」『松本清張推理評論集　1957－1988』中央公論新社、2022年、150頁
(4)「半生の記」『松本清張全集34　半生の記・ハノイで見たこと』文藝春秋、1974年、83頁
(5)「あのころのこと」文藝春秋編『松本清張の世界』文春文庫、2003年、409頁

❷

或る「小倉日記」伝

初出 1952年／**主な舞台** 福岡県北九州市 森鷗外旧居

限られた生を全うする半生を重ねた芥川賞作

北九州・小倉に根を張り、その近辺で半生を過ごした松本清張らしい、土地の臭いが色濃く漂ってくる作品である。賞金目的で記した「西郷札」が直木賞の候補作となったことで、清張は作家として意欲を高め、1952（昭和27）年の「三田文学」に「或る『小倉日記』伝」を発表し、作家としての地歩を固めた。

この小説を執筆していた頃、清張は朝日新聞西部本社の広告部意匠係の主任になっており、門司鉄道管理局から依頼された九州の観光ポスターを作るため、鹿児島などでスケッチをしていたらしい。1951年には「天草へ」を全国観光ポスター公募に出し、次席の推薦賞を獲得している。

「或る『小倉日記』伝」は、頭脳明晰であったが、神経系の病気で舌が回らず、片足の自由がきかない障がいのあった田上耕作を主人公とした短編小説である。耕作は熊本で生まれ、五つの時に小倉に移り、周囲から「ありゃ痴呆かい？」とののしられながらも、友人の江南や、小倉を代表する医者だった白川にその知性の高さを買われ、成長していく。耕作の地を這って生きるたくましさが、清張の半生と重なって見える。

1940（昭和15）年ごろの小倉を舞台にした話で、『半生の記』によると、この頃の清張は版下を描く仕事に不自由さを感じ、高学歴の正社員に使役される境遇を脱する「何か」を欲していたという。

耕作は清張と同じ1909（明治42）年の生まれだから、小倉という土地にとらわれた清張の分身と言える存在なのだと思う。

やがて耕作は、軍医だった森鷗外が小倉に滞在していた1899（明治32）年からの「満3年間の日記」が紛失していることに気付く。当時、聞き取り調査に重きを置いた柳田国男の民俗学が流行していた影響で、耕作は不自由な体で鷗外の小倉時代を知る人々を訪ね歩き、「小倉日記伝」の執筆に打ち込んでいく。「そんなことを調べて何になります?」と他人に冷やかされながらも、息子・耕作の情熱に付き合う母親のふじの姿が、現代でも「何の役に立つか」を問われることの多い「文学」に関わって生きることの意義について考えさせる。

この小説は、一人息子として両親との近い関係の中で育ってきた清張らしい母子の密接な描写が、読後の印象に残る作品でもある。

松本清張は、近衛師団の軍医部長から九州の第十二師団の軍医部長に「左遷（させん）」されてきた森鷗外に生涯を通して関心を持ち、本作に限らず『鷗外の婢（ひ）』や『両像・森鷗外』などの作品を記した。清張は「私の発想法」で、鷗外と小倉時代に再婚した二番目の妻との関係に着目して、次のように鷗外を分析している。
「鷗外は上司と衝突してこの左遷に遭ったので、よっぽど軍職をやめようかと思ったくらいでしたが、それを我慢して小倉に赴任する。／鷗外はこのとき、奥さんがいなかったんです。別れた奥さんは赤松中将の娘さんで、それほど美人ではない。〈中略〉小倉時代に鷗外は、東京のお母さんの推薦で二度目の奥さんをもらうんですが、これが大変な美人です。鷗外の満悦思うべしであります」(1)と。

ただ小倉時代は、前妻との間に生まれた息子と後妻の茂子の関係が悪く、「鷗外と茂子さんとの間にいつも険悪な状態」があったらしい。清張はこの点をポジティブにとらえ、「その奥さんに対する怒り、憤り、癇癪、それをじっとこらえたために、その憤りが文章になり、小説をあれだけ書けたんです」と考えている。

「小説家というものは、皆様のような家庭と違って、あまりいい奥さんでは、御主人はろくな仕事ができないという宿命がある」(2)という結論が、俗情に着目して人間を描く作家・松本清張らしい。

本作で清張は、上記のような森鷗外の姿を下地として、戦争の影響が国内に色濃く感じられる時代に、鷗外の足跡を追い求める耕作とふじの姿を描く。「空疎な、たわいもないことを、自分だけがものものしく考えて、愚劣な努力を繰り返しているのではないか」という本作の耕作の内省は、41歳でデビューし、46歳で専業作家となった遅咲きの清張らしいものである。

また生きることが「徒労」であるというこの小説のテーマは、本作を評価した芥川賞の選考委員の一人、川端康成の『雪国』にも通じるもので、生死の境が溶解した感覚で人間存在をとらえる「際どさ」を内包している。鷗外の人間臭い描写も魅力的な作品で、たとえば彼が軍医部長という立場もあり、公私の別にうるさい性格で、軍服で訪ねると厳格だったが、和服で訪ねると丁重だったといった細かなエピソードも面白い。

特定の作家に執着心を持ち、その記録を収集する耕作の姿は、現代の作家で言えば、藤澤清造に強い執着心を抱き、彼の足跡を追う私小説を記した西村賢太を彷彿とさせる。「この世にはその個性がどうしてか人に容れられず、相手を意味なく不愉快にさせたり、陰で首をひねられたりしてしまう、悲しい要素を持って生まれた人がいる」[3]と、西村は記しているが、このような自意識を抱く主人公の造形は、西村自身の姿であり、本作の耕作の姿にも重なって見える。

小倉時代の鷗外の足跡をたどる耕作の仕事は進展するが、戦時下で栄養が不足していたこともあり、彼の身体まひは悪化してしまう。このような耕作の不幸な姿は、41歳で作家としてデビューするまでの半生のほとんどを小倉で過ごし、無名の「広告の版下職人」だった松本清張の「他にあり得たもう一つの人生」のように見える。

『或る「小倉日記」伝』は、限られた土地の中で限られた生を全うする人間が、何か一つでも意味のあることを成し遂げたいと必死でもがく姿を描いた、松本清張にふさわしい芥川賞受賞作である。

(1) 「私の発想法」新潮文庫編『文豪ナビ　松本清張』新潮文庫、2022年、101－103頁
(2) 同右　104頁
(3) 西村賢太「墓前生活」『どうで死ぬ身の一踊り』講談社文庫、2009年、16頁

❸ 菊枕

初出 1953年／**主な舞台** 福岡県北九州市 杉田久女句碑(堺町公園)

杉田久女をモデルに 行動的な女性像を示す

高浜虚子を師と仰ぎ、女性俳人として活動した杉田久女をモデルとした最初期の短編である。華麗、奔放と称される俳句の才能を持ちながら、師の虚子やその弟子たちと折り合いが付かず、小倉で不遇の人生を送った久女を想起させる主人公「ぬい」の生涯を描く。

本作は、前年に書かれた「或る『小倉日記』伝」の女性版という趣の作品で、癇癪を起こしやすく、俳壇での立ち回りが不器用なぬいが、中央で評価されず、「ホトトギス」を連想させる俳句誌「コスモス」の同人を除名されるに至る経緯をひもとく。1953年の「文藝春秋」掲載時に「ぬい女略歴」という副題が付されていた点からも明らかな通り、松本清張が得意とする「人生の時の時」を凝縮した作品と言える。

朝日新聞の西部本社から東京本社に転勤する直前に書かれた小説らしく、九州北部で無名のまま過ごした自己の半生への忸怩たる思いと、権力の中枢への対抗意識が強く表れている。

清張の回想によると、本作は「或る『小倉日記伝』」で芥川賞を獲得し、上京して授賞式に参加した時に「文藝春秋」から依頼を受けて書いたものらしい[1]。「授賞式のほうは現在のように派手なものではなく、同社の旧館の地下室で、文壇人も新聞記者もひとりもこない侘しいものだった。また受賞しても現在のようにマスコミに大さわぎされることもなかった」という。

芥川賞が一般に注目を集めるようになったのは、松本清張が受賞した2年後の1955年に、23歳の石原慎太郎がデビュー作「太陽の季節」で同賞を獲得してからであった。

清張の芥川賞受賞作「或る『小倉日記』伝」は、「太陽の季節」と比べると暗く、昭和恐慌の最中に青春時代を過ごした清張の体験が投影された作品だと言える。「菊枕」も同様の雰囲気を継承した作品で、当初、松本清張は「小倉にある養老院の内部に取材」して「暗い小説」を記したが、この作品は「文藝春秋」の編集部から「できが悪かった」ため返送されてきたらしい。このため書き直して再送付したのが、杉田久女をモデルとした本作「菊枕」である(2)。

同系統の短編は他にも幾つかあり、論争的な性格で、不遇のまま34歳で亡くなった考古学者・木村卓治の人生を描いた「断碑(だんぴ)」や、福岡県の田舎の中学教師・畑岡兼造が、遺跡調査に来た帝大教授に才能を見いだされ、不倫によって身を持ち崩す「笛壺」などが有名である。

これらの作品は、叩(たた)き上げの登場人物たちが地道な努力をして、新しい成果を上げながら、田舎育ちの「感情の訛(なま)り」が災いして、失脚するという共通した物語構造を持つ。
本作はぬいが「福岡のある中学校」の絵の教師となる夫と結婚する場面からはじまる。杉田久女は「足袋つぐやノラともならず教師妻」という句で知られるが、彼女もこの句の通り、旧制小倉中学の美術教師と結婚している。この小説では、ぬいが自己の人生を卑下してヒステリーを起こしたり、高浜虚子を想起させる宮萩梅堂の弟子たちを「君側の奸」と罵倒したり、梅堂に常軌を逸した内容の手紙を大量に書き、精神病院で亡くなるに至る「悲劇的な姿」が強調されている。俳人として活躍する姿がほとんど描かれていないため、久女の遺族から「小さな抗議」を受けたらしい。

ただ本作のぬいは、後に『霧の旗』で描かれる主人公の桐子のように、美貌を持ちながら両極端な感情を持て余し、周囲を巻き込んで「事件」を起こす人物として、清張作品の「行動的な女性像」を先取っている。全集の「あとがき」で松本清張は次のように「ぬい」について評している。「彼女は、虚子や、その周辺の巨大なグループに接してからは、ひどくその境遇に劣等感を持ち、家庭は必ずしもあたたかではなかった。その性格の強さは虚子を偶像化し、その周辺に向かっては限りない敵意を燃やした」(3)と。

ぬいが「無気力な貧乏教師の妻」という引け目を乗り越え、先駆的な女性俳人として中央の俳壇に切り込んでいく姿には、41歳でデビューした清張自身の姿が重なって見える。「ぬい女といえば俳句をする者は誰でも知っているようにひそかに自負していたぬいは、裏切られた思いがした。皆が何をこの田舎者が、という眼つきをしているように思えた。そう思うと、自分の身なりまでがなんだか野暮ったく、はなはだ見劣りがした」(4)など、彼女の「感情の訛り」を帯びた内面描写が心に響く。

「先生、私をお見捨てにならないでください」という手紙もむなしく、ぬいは外遊に出た梅堂が門司に寄港した時に会えず、和布刈岬の吟行にも同行できないが、このような「中央に拒まれる地方の才人の姿」を通して清張は、小倉に埋もれて生きてきた自身と久女の「行き場のない怒り」を多くの人々に伝えたかったのだと思う。

本作を執筆するために清張は奈良を訪れ、杉田久女の弟子を取材している。小説の題は「ちなみぬふ陶淵明の菊枕」から採ったが、現実に久女が縫っていた「菊枕」は、中国に伝わる長寿の徴にと虚子に捧げたものだった。このエピソード一つからも久女の思い込みが強く、不器用な性格が伝わってくる。

杉田久女の人生を「伝説」として伝える筆致は、現代の作家で言えば、桜庭一樹が故郷の山陰地方を舞台に製鉄業を支える女性たちの姿を描いた『赤朽葉家の伝説』を想起させる。桜庭はライトノベルで経験を積み、「私の男」で直木賞を獲得した叩き上げの作家で、清張の父のルーツである「伯耆の山村」に近い鳥取県米子市出身である。

本作は、女性俳人として先駆的な業績を残しながら、小倉で不遇の日々を送った杉田久女に、清張が自身の半生を重ねた、「怒りと詭り」を感じさせる「芥川賞受賞後第一作」である。

(1) 「あとがき」『松本清張全集35　或る「小倉日記」伝』文藝春秋、1972年、523頁
(2) 同右
(3) 同右
(4) 「菊枕」『松本清張全集35　或る「小倉日記」伝』文藝春秋、1972年、148頁

❹

父系の指

初出 1955年／主な舞台 鳥取県日野郡日南町 矢戸

積年の怒りをあらわに 私怨を晴らした私小説

松本清張の作品としては珍しく、純文学色が強い「私小説」である。生まれ育った家の貧しさを赤裸々に記し、高等小学校卒の経歴で、半生を無名で生きてきたことへの「行き場のない怒り」を露(あら)わにした異色の「血縁小説」でもある。

本作は朝日新聞東京本社に勤めていた1955（昭和30）年に、文芸誌「新潮」に発表された最初期の短編の一つで、不遇でお人よしだった父親の人生を、自らの半生をひもときながら描いている。「母はすでに自分の夫が生涯貧乏から離れられないことを嗅(か)いでいたようであった。父が甲斐性(かいしょう)もないくせに、性こりもなく矢戸(やと)に連れていってやるぞとくり返すのを露骨にいやがった」(1)という序盤の表現から、清張の両親の夫婦仲がうかがえる。

清張は「週刊朝日」の懸賞小説「西郷札」でデビューし、三田文学に掲載された「或(あ)る『小倉日記』伝」で芥川賞を獲得して注目を集めた。ただ文芸誌での本格的なデビュー作は、「私小説」として完成度の高い本作だったと私は考える。

この小説は表題の通り、父系の「長い指」をめぐる物語で、鳥取県の山村・矢戸で裕福な地主の長男として生まれながら、貧しい農家に里子に出された、父親の不遇の物語でもある。「父が里子に出されるという運命がなかったら、その地方ではともかくも指折りの地主のあととりとして、自分の生涯を苦しめた

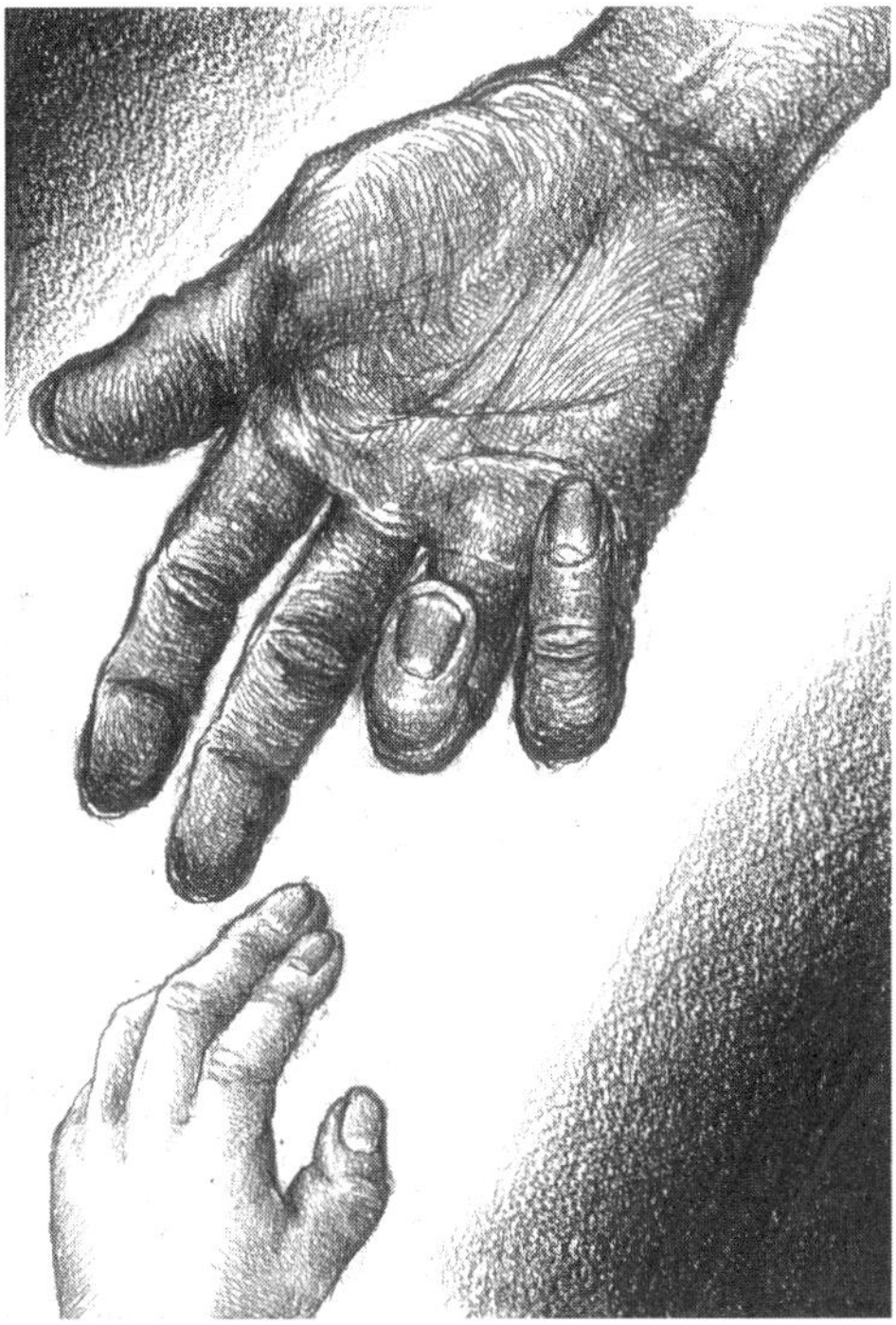

貧乏とは出会わずにすんだであろう」[2]と清張は本文に記している。父親の「不遇の運命」が清張の生い立ちに大きな影を落としたことは確かだろう。

後に清張は『点と線』や『日本の黒い霧』などの初期作品で作家として大きな成功を収め、1960年から61年にかけて連載された『砂の器』で、満を持して父系の親族のルーツである「出雲の奥地」[3]を物語の主要な舞台として描き、同地方の東北弁と似た方言をミステリの重要な「仕掛け」とした。

一般に清張は福岡県企救（きく）郡板櫃（いたびつ）村（現・北九州市小倉北区）で生まれたとされる。しかし本作には次のように記されている。「私は、自分の両親が人力車をひく車夫と紡績（ぼうせき）女工であったということにも、ほとんど野合に近い夫婦関係からはじまったということにも、あからさまな恥は感じない。しかし、自分の出生がそのような環境であったという事実は、自分の皮膚に何か汚染が残っているような、他人とは異質に生まれたような卑屈を青年のころには覚えたものであった。／私は広島のK町に生まれたと聞かされた。その町がどういう所か知らない。行って見る気もしない。おそらくきたない、ごみごみした所であったろう」[4]と。

自己の出自について「自分の皮膚に何か汚染が残っているような、他人とは異質に生まれたような卑屈」を感じたという表現は強烈なものであり、清張の作家としての「核」にある表現だと私は考える。

何れにしても広島は、父親が故郷を出て最初に落ち着いた場所で、母親が紡績会社の女性工員として働いていた場所でもある。また本作の記載にも見られるように、父親は母親を「女房としてははなはだ不足に思っていた」ため戸籍に入れておらず、清張は戸籍上では「庶子」であり、古い戸籍法の下では「私生児」だった。1980年に発表された自伝的短編「骨壺の風景」でも、戸籍上「庶子」だったと記されている[5]。

清張が小学生の頃、父親は借金取りから逃れるように家出し、木賃宿で寝泊まりするほど落ちぶれてしまう。父親には弟がいて、東京で教育雑誌の出版社で働き、大きな邸宅を構えるほど出世したが、清張が上京したばかりの頃を除いては、あまり交流がなかったらしい。この叔父は東京で裕福な暮らしをしていたが、進学を強く希望していた清張の面倒を見ることはできなかったようだ。

本作の「私」は「東京に出て勉強したいから面倒をみてもらえないだろうか」という手紙を出したが、「東京でなくとも、勉強はどこにいてもできる」という訓戒のような意味の返事が来て、断られてしまう。「私」は「おまえも親父に似てつまらん男になるぞ」と嘲笑された気がして、叔父のことを強く恨んだという。

本作で記された内容を考慮すれば、松本清張の作品に感じられる「高学歴の人々が築いた社会への怒り」のルーツは、父系の叔父の豊かさに対する「私怨」に根差しているのだと思う。清張は多作であったが、自伝的な「私小説」は本作と『半生の記』、晩年の「骨壺の風景」などごくわずかしか記しておらず、親しい友人にも自らが貧しい幼少期・青春時代を送ったことについて、詳しい話をしなかったという。

結果として清張は、尋常高等小卒の経歴で社会に出て、朝日新聞西部本社の社員となり、40代で作家デビューして経済的に成功を収めた。しかし作家となった後も彼は、豊かな父系の一族の「相互扶助」から外された父親を哀れみ、生前に父親や自分を支援することを拒んだ叔父に対して、積年の怒りをぶつけるように本作を記した。

このような父系の親族に対する複雑な感情は、『枯木灘』などに代表される中上健次の小説を想起させる。和歌山県新宮市の「路地」を舞台にして、そこに住む登場人物たちが持つ欲望の際どさと、親族や死者たちとの結び付きの強さを描いた「血縁小説」は、本作と同様に、多くの人々が「相互扶助」を必要とする現代にも通じるリアリティを有している。

本文中の言葉を借りれば、「父の性格の劣性をうけついでいると、自覚している私の、父系の指への厭悪と憎悪の感情」を基に記した「父系の指」は、清張の作品としては珍しい「私小説」である。私怨に根差した本作の文学的な価値は、現代でも全く色あせていない。

(1) 「父系の指」『松本清張全集35　或る「小倉日記」伝』文藝春秋、1972年、397－398頁
(2) 同右、397頁
(3) 「砂の器」『松本清張全集5　砂の器』文藝春秋、1971年、161頁
(4) 「父系の指」『松本清張全集35　或る「小倉日記」伝』文藝春秋、1972年、400頁
(5) 「骨壺の風景」『松本清張全集65　老公』文藝春秋、1996年、289頁

❺

張込み

初出 1955年／**主な舞台** 佐賀県佐賀市 三角橋（映画版のロケ地）

刑事の目を通して描く つかの間の輝きを放つ女

映画版で広く知られる「張込み」は、泥くさい捜査で犯行の動機に迫り、犯人を追い詰めていく「叩き上げの刑事」を描いた最初期の清張作品の一つである。「顔」に続いて1958年に映画化され、高峰秀子が演じるさだ子の悲哀と、大木実が演じる刑事の人情が、多くの人々を魅了し、松本清張の名が広く知られるきっかけとなった。

後に映画版「砂の器」などで知られる野村芳太郎が監督した最初の松本清張作品で、脚本は「羅生門」や「七人の侍」などを手がけた橋本忍、助監督は若き山田洋次である。映画版の冒頭で九州行きの列車内の混雑と、ランニング1枚で汗を流しながら長旅に耐える刑事たちの姿が描かれ、「張込み」が容易ではないことが暗示される。

シンプルな筋書きで、東京の目黒で会社の重役を殺害し、金を奪って逃走した土木作業員の石井久一が、3年前に別れた恋人・さだ子が暮らすS市に立ち寄る話である。さだ子は既に地元の銀行に勤める20歳年上の男・横川のもとに嫁いでおり、後妻として3人の子供を育てている。ただ彼女はケチな夫との生活に疲れている様子で、刑事は彼女の日常を「肥前屋」という旅館にこもり、観察している。

清張の妻の実家は、本作の舞台と推定される佐賀市の隣の神埼市にあった。戦中から終戦直後にかけて、清張の家族は神埼市で暮らしていた。家族7人が暮らす家に、障子を隔てて別の家族5人が同居していたため、「人間地獄」だったと清張は『半生の記』で振り返っている。彼はこの時代に家族に苦労させたこともあり、大きな家に住むことにこだわりを持ち、1961年に東京都杉並区上高井戸（現・高井戸東）に約600坪の自宅を建てている。京王井の頭線の線路に面した三角地で、「線路の間近で大丈夫か？」と心配してしまうような立地の豪邸である。

松本清張の妻・直子によると、清張は『点と線』など初期の名作を記した上石神井の自宅から、一足飛びにこの邸宅を手に入れたようである。

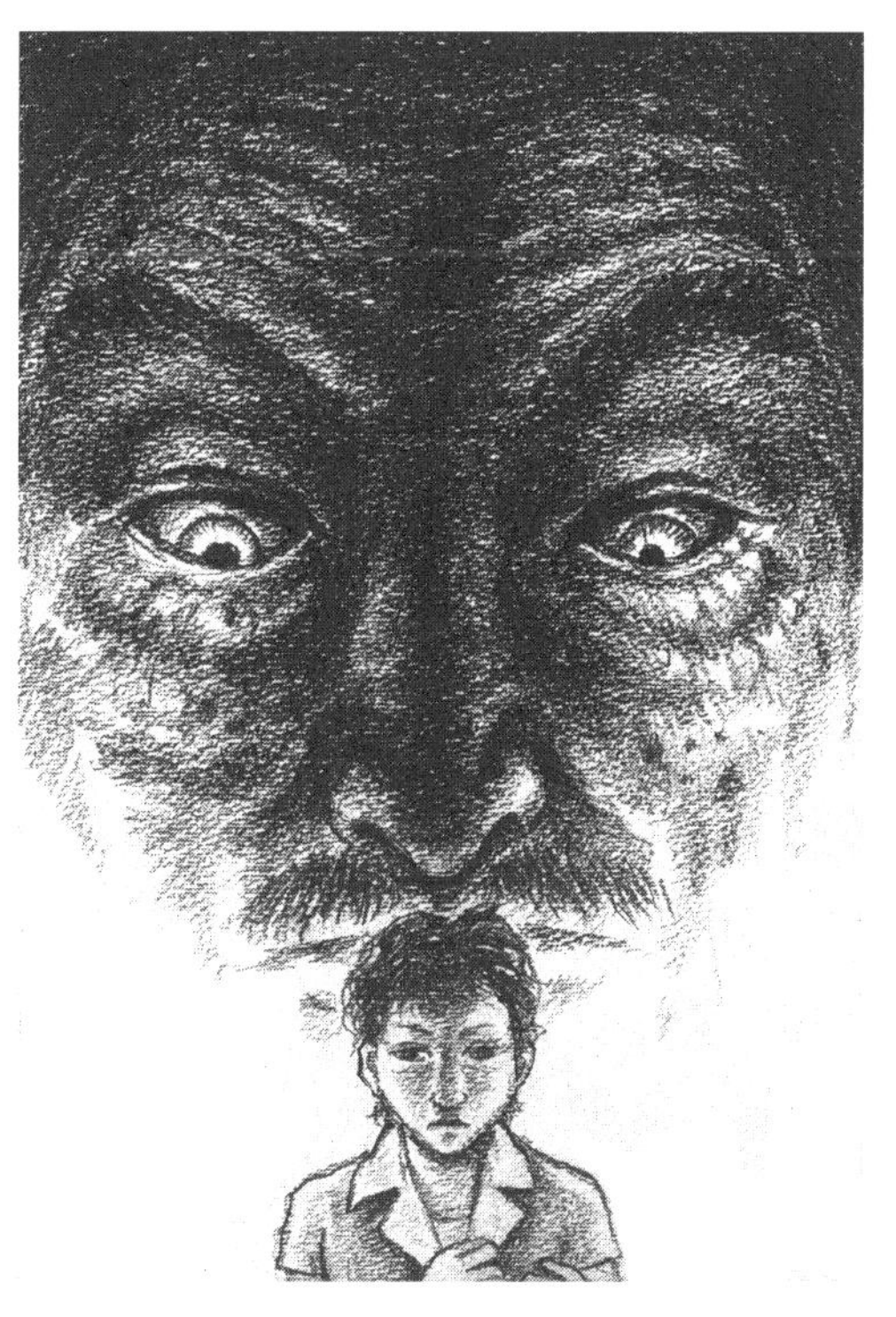

「本や資料も溜まって、『書庫がない、家が狭い。土地をさがせ』と申しまして、私が都内をいろいろ回ってやっと浜田山の今の場所を探しました。『こういう所がありますす。電車の線路がすぐそばを通っていますが、どうでしょう』と言いますと、『じゃあ、見にいこう』と、夜遅くに一緒に電車の音を聞きに行きました。結局、『あまり気になりませんね』ということで、いまのこの家に移ったのが昭和三十六年でした。この家はずいぶん気にいって、『ここにきてよかったなあ』とよく申しておりました」(1)

と。

　線路沿いに住むと「執筆に集中できないのでは？」という疑問を抱いてしまうが、このような世間の常識を意に介さず「ここにきてよかったなあ」と述べているのが松本清張らしい。『点と線』という鉄道を題材とした小説で、有名作家の仲間入りを果たした経緯から、線路沿いの土地に「縁起の良さ」を感じたのかも知れない。

　本作のS市の描写には、清張の一家が最も住む場所に苦労していた時代の記憶が反映されている。さだ子は、近所で評判が良く、気難しそうな夫も真面目に働いており、外目には夫婦の仲も悪くはなかった。「平穏な、家庭の団欒がある。柚木は東京にのこした自分の家庭を思いだして、旅愁のような憂鬱を感じている」と、張り込みを行った刑事が、さだ子の心情を代弁している。「抜けたように張りあいのない、眠ったような町であった。そういえば、まだ町通りに藁屋根の家があった」(2)など、作品の端々に細やかなS市の描写が見られる。このような場所で平穏に暮らすさだ子のもとに「石井の出現という災厄」がやって来るのだ。

　やがてさだ子は石井とバスに乗り、平凡な日常から逃れるように温泉宿へと旅立っていく。石井と再会したさだ子は「別な生命を吹きこまれたように、躍りだすように生き生きとしていた。炎がめらめらと見えるようだった」(3)と形容されている。「あの疲れたような、情熱を感じさせなかった女が燃えているのだった。二十も年上で、吝嗇で、いつも不機嫌そうな夫と、三人の継子に縛られた家庭から、この女は、いま解放されている」(4)といった描写に、戦中戦後の時代に青春を奪われた男女の「情愛」が感じられる。

　松本清張は「時間的な深みのある情事」をクライマックスとして「張込み」を書き、当時の読者や観客はこのような場面に、強いカタルシスを得たのだと思う。前半の張り込みの描写の「緊張」と、後半の逢瀬(おうせ)の描写の「弛緩(しかん)」が対照的な作品で、平凡な暮らしを送るさだ子が、石井との逃避行に魅了される姿が輝いて見える。

結末が平凡である点も本作の大きな魅力の一つと言える。石井は、抵抗することなく逮捕され、刑事はさだ子をたしなめ、「奥さんはすぐにバスでお宅にお帰りなさい。今からだとご主人の帰宅に間に合いますよ」と助言する。銃撃戦もメロドラマも起きず、映画版では高峰秀子が演じるさだ子が何事も無かったかのように日常に帰っていく姿がけなげで、観客の同情を誘う。

このような「家族の知らない情事」を描いた作品として、現代小説では、さまざまな隠し事を抱えた家族が「郊外の日常」を取り戻していく姿を描いた角田光代の『空中庭園』が思い浮かぶ。

本作は清張が同時期に書いた「父系の指」や「顔」に比べると地味な内容の短編である。ただ張り込みをしている刑事と張り込みをされているさだ子の双方に、感情移入を誘う不思議な魅力が感じられる。「張込み」は、清張が人気作家となった「秘訣(ひけつ)」を詰め込んだ、国民作家の原点となる短編の一つなのだと思う。

(1) 「仕事と家族。その他は全く無頓着な人でした」『松本清張生誕110年記念　清張地獄八景』文藝春秋、2019年、162頁
(2) 「張込み」『松本清張全集35　或る「小倉日記」伝』文藝春秋、1972年、513頁
(3) 同右　518頁
(4) 同右　517頁

❻
顔

初出 1956年／**主な舞台** 滋賀県大津市延暦（えんりゃく）寺

サスペンスの粋を凝縮
国民作家に至る原点

人間は顔を「メディア」として生きる存在である。竹中直人をはじめさまざまな芸能人に「顔まね」をされるほど、松本清張は戦後日本の作家の中でも圧倒的に顔の売れた作家だった。

清張は『日本の黒い霧』や『昭和史発掘』、『神々の乱心』など近代日本のタブーに切り込む作品を世に送り、物議を醸（かも）したため、芥川賞や菊池寛賞、吉川英治賞などを除けば、褒章（ほうしょう）や文化勲章、芸術選奨（せんしょう）など他の作家が手にした賞をもらっていない。清張自身が映画やドラマに出演することも多く、「巨匠（きょしょう）」と呼ぶにふさわしい豊かな下唇を持つ清張の顔が、自ずと松本清張の名声を高めたのだ。彼は賞をもらうまでもなく、同時代を生きる人々に顔を知られた作家だった。

この小説には清張を彷彿（ほうふつ）とさせる「眼のぎょろりとした唇の厚い顔」を持つ男が登場する。清張作品では顔の造形だけではなく、登場人物たちが戦後の混乱期に経験してきた「時間の重さ」が彼らの存在を個性的なものとして、読者に強く印象付ける。また多くの清張作品が映像化されてきたこともあり、私たちは時代を代表する役者たちの姿を通して、清張作品の登場人物たちの顔を想起することができる。このような意味で「顔」は、「張込み」と並んで国民作家・松本清張の原点となる短編の一つだと私は考える。

この作品は１９５６（昭和31）年に発表された清張にとって初めての「推理

小説短編集」の表題作であった。松本清張は52年に「或る『小倉日記』伝」で芥川賞を受賞したが、この当時、芥川賞はそれほど注目を集める賞ではなかった。このため芥川賞を受賞したものの清張は顔が売れておらず、発表した小説も少なく、専業作家ですらなかった。「多人数の家族を抱えていると、不安定な収入生活に飛び込んでいく勇気がなかった」(1)と回想しているように、清張はデビューした後も6年ほど朝日新聞社で印刷画工として働きながら、小説を書いていた。清張が朝日新聞社を退社するのは本作「顔」を発表する直前である。

この小説は57年に大木実と岡田茉莉子の主演で、清張の作品として初めて映画化され、人気を博した。映画版は物語が大幅に変更され、様々な脚色がなされているが、本作に限らず、晩年の霧プロ・霧企画時代を除けば、清張は映像化に伴う物語の改編や脚色に寛容だった。映像作品に対する清張の柔軟な姿勢が、制作現場の人々に愛され、多くの作品が映像化され、清張の名を世に知らしめる大きな要因となったと私は考える。

本作の主人公の井野良吉は、劇団「白楊

座」に所属する役者である。彼は有名な監督や映画会社に評価され、スターへの道を歩み始める。しかし良吉は大衆酒場で働くミヤ子を殺害した過去を持ち、偶然出会ったミヤ子の知り合いの石岡貞三郎に、自分の顔と名前を特定されることを恐れている。良吉が役者として有名になればなるほど、映画館のスクリーンに顔が大写しになり、石岡に目撃されるリスクが高まっていく筋書きである。「ぼくは幸運と破滅に近づいていっているようだ。ぼくの場合は、たいへんな仕合わせが、絶望の上に揺れている」[2]という良吉の内面描写に、清張らしい「サスペンスの粋（すい）」が凝縮されている。

良吉が石岡を京都に呼び出して殺害を試みようとするシーンがクライマックスとなるが、関係者が一堂に会し、京都の円山（まるやま）公園近くで名物の「いもぼう」を食べる場面に、旅情が感じられる。『半生の記』によると、清張は敗戦から間もない頃、新聞社で働きながら副業としてほうきの仲買をしており、京都にも観光を兼ねて足を運んでいた。本作は清張作品らしく、暗い過去を抱えた主人公の内的葛藤を描いた内容だが、旅の描写にユーモアが感じられる。

清張の「顔」は、江戸川乱歩が設立し、横溝正史、坂口安吾、山田風太郎などが受賞者に名を連ねる日本推理作家協会賞を獲得し、清張に「推理作家」という大きな肩書を与えた。江戸川乱歩は、松本清張を高く評価していた大御所作家の一人で、推理作家協会の後任の理事長に松本清張を強く推していた。

双方をよく知る作家の対談には次のように記されている。「乱歩さんは、自分と全く違う作風の清張さんの出現で、小説を書く意欲を失ったと明言していながら、推理小説界を発展させるためには、清張さんでなければダメだ、と言われたんです。古い人がほとんどの理事会で清張さんが満票近い賛成で理事長に選出されたのは、誰もが新しい世代の時代に入ったんだということを意識していたからだと思いますね」[3]

と。従来、推理小説で軽視されていた「犯罪の動機」に、社会的な背景や人間関係上の問題を織り込んだ松本清張の「推理小説」は、新しいものだった。松本清張は、旧来の推理小説のように分かりやすい悪人を犯人に仕立てるのではなく、ごく普通に見える人間が犯罪に手を染めるに至る「社会的な背景や人間関係」を詳しく描いた。

本作のように犯人の「顔の記憶」を題材とした推理小説として、現代小説では湊かなえの『贖罪（しょくざい）』が思い浮かぶ。この作品は、長野県の諏訪湖周辺とおぼしき場所で起きた幼女殺害事件を描いた内容である。生き残った10歳の少女たちが、「犯人の顔」をはじめとする捜査情報を提供できなかったことで、その後「幸運と破滅に近づいていっている」ような人生を歩むという点で、『贖罪』は「顔」を想起させる。

この小説を発表する直前に清張は「小説新潮」に「張込み」を寄稿し、好評を博していた。これらの作品で清張は、「足で稼ぐ」ような泥臭い捜査を行う刑事が、独自の経験と地道な努力を基に犯人を突き止める物語を確立し、自己の作風とした。「顔」によって清張は、作家としての名声を高め、自らの顔を売るきっかけを作り、推理小説家としての地歩を固めたのである。

(1)「あとがき」『松本清張全集36　地方紙を買う女』文藝春秋、1973年、543頁
(2)「顔」『松本清張全集36　地方紙を買う女』文藝春秋、1973年、164頁
(3)『推理作家』清張さんとの三十年　佐野洋×山村正夫」『松本清張生誕110年記念　清張地獄八景』文藝春秋、2019年、186頁

❼

共犯者

初出 1956年／**主な舞台** 島根県松江市（本作では山陰のＭ市）

自己破滅に至る不安
非合理を描いた心理劇

敗戦直後、松本清張が所属する朝日新聞西部本社広告部は仕事が少なく、1946年から48年まで清張は「買出し休暇」を利用してわらぼうきの仲買の仕事をしていた。食糧難とインフレで新聞社の給料だけでは両親と妻子を養うことが難しく、副業を始めたのだ。

わらぼうきは妻の実家があった佐賀で仕入れ、清張は小倉や門司（もじ）を手始めに、広島・大阪・京都・大津と販路を広げていった。

その後、わらをつなぎとめる針金の値段が上がり、価格競争が激しくなったため、2年ほどでこの副業を辞めることになるが、この時の経験は清張に旅をする喜びを与えた。

「この『商売』の総決算はどうだっただろうか。結局、貯金としては何も残らず、かえって不渡手形の分だけ損になった。しかし、あのインフレの進行中、七人の家族を抱えて無事にすんだのは幸いだった。憧れていた土地が見られたことは、その利益の中でも大きい」[1]と清張は『半生の記』に記している。

本作「共犯者」は、この時に味わった行商の苦労を下地にした作品である。全集の「あとがき」によると、この小説は「鼠小僧（ねずみこぞう）」など庶民的な盗賊を主人公にした歌舞伎の「白浪物（しらなみもの）」を参考にしたという。特に河竹黙阿弥（もくあみ）の「鋳掛松（いかけまつ）」で主人公が屋形船で宴会をする人々を見て破損した鍋釜の修理をする鋳掛屋を辞める決意をし、商売道具を隅田川に投げ捨てる場面を参考にしたらしい[2]。

清張もほうきの仲買をしていた時に、闇市上がりの「成金」が芸者を上げて遊ぶのを「虱のいそうな汚い部屋」から見て、「行商の真似」をしている自分自身が嫌になったという。

本作は「行商」や「営業」の仕事の苦労が伝わってくる内容で、清張作品の中でも繰り返しドラマ化されてきた短編の一つである。

1983年に放映された大映テレビ・TBS製作のドラマ版は、「男二人をお手玉したカワユイ女ともだち」という副題が付され、女性の登場人物が増やされて、メロドラマに仕上げられている。清張作品を大胆に脚色した内容で、岐阜市と東京都杉並区の高円寺などでロケが行われており、この当時の街の雰囲気も含めて味わい深い映像作品と言える。

松本清張は新聞社で働いてた時代、記者職ではなく画工だったこともあり、本作で描かれる営業部員のように、「叩き上げ」の雰囲気を身にまとっていた。

朝日新聞社時代の松本清張を知る元同僚の岡本健資は、新聞社内での清張の姿について、次のような証言を残している。

「『来給え。オゴるから食堂に来給え』と

言って、サッサと歩きだした。急いで彼のあとを追いかけると、彼は大皿の上に稲荷ずしを山盛りにして、テーブルに運んできた。／『まだ、昼前ですよ』と言うと、『いいじゃないか。こんなものは、食べたい時に食べりゃいいんだ』と言いながら、その稲荷ずしを続けざまに口の中に抛りこんでいくのだ。／食べる、とか、味わう、といったそんな生易しいものじゃなかった。まさに『抛りこみ、噛み砕いた』という形容がふさわしかった。鼻の頭や額にまで脂汗を浮かせ、全身を胃袋にして噛み砕いていくのだ。／そして、『食べろ、食べろ』と勧めながら、私の分には、小さいのが二つほどしか残っていなかった。わざわざ従いていくこともなかったのだ」(3)。

　全身を胃袋にして稲荷ずしを、抛りこみ、噛み砕くという食事の描写から、当時の清張の性格が伺える。後の旺盛な執筆活動の「原点」を浮き彫りにした、味わい深い「人物評」である。

　本作「共犯者」の主人公の内堀は、15年間、食器具の販売員として全国のデパートや問屋を回っていたが、貧乏暮らしを抜け出すには資金が必要だ、と考えるようになる。彼は同じ境遇にいた漆器のセールスマンの町田と共謀し、山陰地方の銀行で５００万円を奪い、山分けすることに成功する。

　本作は、内堀がこの時の金を元手に福岡市で「家具デパート」を始めて財を成し、「共犯者」の町田が自分の地位を脅かすことを心配する場面から始まる。「あらゆる犯罪は、単独をもって完全とする。共犯者があればあるほど破綻の確率は多くなる。世の犯罪の発覚が、いかに共犯者の自供からなされるかは新聞記事を読んでもわかるのである」(4)といった一節に、「共犯者」という表題と密接に結びついた「社会派ミステリ」の風格が感じられる。内堀が商売の成功に満足せず、神経症的な不安を抱き、墓穴を掘ってしまう姿が、清張作品らしい人間の造形である。

全体としてシンプルな筋書きで、福岡に住む内堀が、通信員・竹岡を雇用して、遠くに住む町田を監視する内容だと要約できる。不安を紛らわせるために雇用した竹岡が通信員の仕事を逸脱して、監視していた町田よりも主人公の内堀の地位を脅かしてしまう展開が生々しい。苦労を知る人物が悪事に手を染め、財を成すが、それを失うことを恐れるあまり、余計なことをして身を滅ぼしてしまうという、歌舞伎の「白浪物」の素養が生きた「古典的な現代劇」と言える。このような話は、清張がほうきの行商を行っていた敗戦直後、全国至る所に転がっていたのだと思う。

町田が、宇都宮を起点として千葉、大阪、神戸、岡山、尾道、広島、柳井、防府(ほうふ)、宇部、下関、小倉と、内堀の住む福岡へ近づいて来る展開が明快でスリリングである。

このような自己破滅に至る男の物語は、かつて過激派の運動に関わり、「事務所みたいなところ」を転々と生きてきた男の「その後の人生」を描いた絲山秋子の『エスケイプ／アブセント』を彷彿(ほうふつ)とさせる。本作「共犯者」は、疲弊(ひへい)した人生の中で、不法行為に足を踏み入れ、財を築き、不安にさいなまれ、身を持ち崩していく、「非合理的な人間存在」に迫った、「人間臭い心理劇」である。

(1)「半生の記」『松本清張全集34　半生の記・ハノイで見たこと』文藝春秋、1974年、73頁

(2)「あとがき」『松本清張全集36　地方紙を買う女』文藝春秋、1973年、544頁

(3)「あのころの松本清張」『松本清張生誕110年記念　清張地獄八景』文藝春秋、2019年、171頁

(4)「共犯者」『松本清張全集36　地方紙を買う女』文藝春秋、1973年、278頁

❽

小説日本芸譚

初出 1957年／**主な舞台** 京都府京都市上京区 聚楽第本丸西濠跡

評伝と創作を交え描く 芸術家の政治的苦悩

歴史に名を残す芸術作品には、同時代の作品と比して異質なものが多い。名だたる芸術家たちは、不遇の時代が長く、奇人として知られることも少なくない。本作で松本清張は、41歳でデビューし、46歳で専業作家となった自らの人生を運慶、世阿弥、千利休、雪舟、本阿弥光悦、東洲斎写楽などの芸術家たちの「苦渋に満ちた人生」に重ねながら描いている。

『小説日本芸譚』は、芸術家たちの生死をかけた「政治」を描いた異色の短編集である。多かれ少なかれ芸術作品の価値は、政治的な理由で決まり、歴史に名を残した芸術家たちも、彼らが生きた時代の「政治」とは無関係ではなかった。

本作は清張作品としては珍しく「芸術新潮」に連載された歴史小説で、有名な芸術家たちの「人生の時の時」を浮き彫りにした内容である。評伝というよりは、それぞれの人物の感情を創作的に描いたフィクションで、「後記」によると清張は「芸術家の調査」に多くの時間を割き、専門学者に意見を聞きながら本作を完成させたという[(1)]。

本作の執筆過程について清張は「苦渋の連続であった」と振り返っている。彼は10人の芸術家たちの「人生の時の時」と向き合うことで、評伝と創作を交えた「西郷札」の系譜に連なる歴史小説・時代小説の幅を広げることに成功した。読後の印象に残るのは、本阿弥光悦について記した章で、次の一節に、画工として長年働き、作家として様々なジャンルの作品を記した「多芸家」の松本清張らしい矜持(きょうじ)が感じられる。

「ひとは光悦が、書道、絵、茶道、陶芸、漆芸などの広汎な世界に、いずれも一流の芸域を築いたことに胆(きも)を奪われて驚嘆いたしますが、私は、これは光悦の野心から出たことだと考えております。およそ一芸に長じた者が、その心を他の芸へ伸ばすことは、素人の考えるほどむつかしいものではございません。或る程度の才能があれば出来ることでございます。ただ普通の者は、己の本領の芸にだけ心魂(しんこん)を打ち込むだけでございます。〈中略〉普通の者は、自分の持ち前の芸だけに縮まって、とてもそんな勇気は出ないのですが、自信家は努力します。その心持が一芸家と多芸家の岐(わか)れ道だと存じます」(2)。この一節は清張の「自己分析」とも読める内容で、彼と光悦は「一芸の心が多芸に通じる」ような才能を持っていた点で似ている。

　本作は歴史小説でありながら芸能小説でもある。冒頭作品の「運慶」は、平安末期から鎌倉初期に活躍した仏師・運慶の晩年の姿を描く。運慶は東大寺金剛力士像などの製作者として広く知られるが、清張によると、彼は純粋に芸術性が評価されたというよりは、鎌倉幕府の庇護の下、毀誉褒貶のあった「政治的」な仏師であった。武士が台頭する時代に呼応するように、運慶は荒々しく、ダイナミックな彫刻の表現で人気を獲得し、京都の公家や寺社勢力の庇護を受けた仏師たちと一線を画したのだ。黒澤明が「羅生門」で三船敏郎を主役に据え、荒々しく、人間くさい武士の姿を描いたように、運慶は天平以来の奈良の仏像に、動きのある力強い表現を加え、武士の時代の到来を言祝ぎ、京都仏師たちに「政治的な勝利」を収めたのだ。

晩年の運慶の姿が描かれたこの短編では、運慶が自らの人生を振り返りながら「宋の仏像の様式」を取り入れた快慶に対抗意識を燃やし、自己の作風が「気づかぬうちにいつか時代の流れに古びてしまう」ことを思い知らされていく姿を描く。運慶が抱いた「快慶への嫉妬」という「創作的な感情」を足掛かりとして、歴史小説を記しているのが松本清張らしい。

個人的に最も興味深く読んだ短編は「千利休」である。利休は織田信長の茶頭として重用され、その後、秀吉にも茶頭として仕えた。秀吉は利休を政治的に取り込むことで「おれは信長の茶頭であった利休をそのまま己の茶頭としているぞ」と、自らの力を他の大名たちに誇示したのである。しかし利休は、黄金の茶室を造るなど秀吉の「成り上がり者」らしい価値観に嫌気が差し、次第に「権勢に結び付いた茶」を拒むようになる。

この作品は、利休が細川忠興や古田織部など大名弟子たちに囲まれながら、茶の精神を通して秀吉と格闘し、切腹を命じられるに至る姿を生々しく描く。秀吉に「茶道」を通して対峙した利休に着目し、「秀吉には、利休のこの倨傲さが眼に映っていたに違いない。利休の完成した芸術に、彼は以前から或る息苦しさを感じていた」と秀吉の心情を代弁している箇所が面白い。

さまざまな視点から芸術家たちの「政治的な苦悩」を描いているのが、『小説日本芸譚』の特徴と言える。家康に茶人として重用された政一（小堀遠州）は次のように、先輩の茶人たちが歩んだ人生について思いを巡らせている。

「利休は、茶道では作意が大切だといった。織部も工夫を心がけ、彼はそれだけ師の茶に反逆した。弟子といっても、芸術の本質は伝習ではなく創造だから、織部が政一にその素質を発見して愛したのは道理である。〈中略〉利休も織部もともに非業の死を遂げた。利休の弟子の山上宗二は耳と鼻を削がれて死んだ。政一の怯えた眼は、茶人の運命に震えたのである」と。戦国期を生きた「茶人の運命」の激しさが、密度の濃い「政治劇」を通して伝わってくる作品である。

このような歴史上の芸術家たちの美意識と実存をあぶり出す筆致は、現代の作家で言えば、歴史小説家として高い筆力を持つ今村翔吾の作品を想起させる。今村は直木賞受賞作『塞王の楯』で、近江国の穴太で石垣造りを生業とする「職人たちの美意識」を通して、関ケ原の戦いの前哨戦となった大津城の戦いを描き、戦国の世を生きる市井の人々を描いた。

『小説日本芸譚』は「職人」に近い芸術家たちの生活に根差した実存を通して、日本の芸術史の「時の時」を凝縮した、ぜいたくな「歴史小説」である。

(1)「後記」『松本清張全集　26　小説日本芸譚・火の縄・他』文藝春秋、１９７３年、１１９頁

(2)「小説日本芸譚」『松本清張全集　26　小説日本芸譚・火の縄・他』文藝春秋、１９７３年、88頁

❾

点と線

初出 1957年／主な舞台 福岡県福岡市東区 香椎(かしい)海岸

時代の空気と欲望
列車で描くミステリ

福岡県の香椎(かしい)の海岸で起きた怪死事件の謎に迫った松本清張の初期の代表作である。夜になると人気が少なく、足跡が残らない「岩肌だらけの香椎海岸」を舞台に、某省の課長補佐と東京・赤坂の割烹(かっぽう)料亭で働くお時の「心中事件」が描かれる。

本作は時刻表を用いたトリックで広く知られるが、博多弁と標準語の違いに着目した推理の進め方や、国鉄香椎駅と西鉄香椎駅の「中途半端な距離」に着目した男女の「誤認」をめぐる「土地に根差したトリック」も面白い。南は福岡から北は札幌まで複雑に張り巡らされた「時刻表トリック」が巧みで、松本清張の名を世に広く知らしめた出世作と言える。

物語は、機械工具を取り扱う安田辰郎が、赤坂の割烹(かっぽう)料亭「小雪」に不正事件の疑惑のある某省の部長を接待する場面からはじまる。安田は某省の出入り商人で、不正事件の事後処理のため、課長補佐の佐山の心中事件に関与した疑惑がかけられている。しかし彼のアリバイは完璧なもので、「心中」するに至った佐山とお時が東京駅で博多行きの特急に乗車する姿も、第三者にしっかりと目撃されている。

小説は犯人捜(さが)しというよりは、きな臭い人物・安田の「アリバイ崩し」を中心とした内容である。霞が関の役人に取り入って、売り上げを伸ばそうとする安田が仕掛けた「時刻表トリック」が、この作品の固有性を高めている。松本

清張のミステリの特徴として、登場人物の中から犯人を捜す小説だけではなく、物語の途中で犯人だと判明した人物の、「社会的な動機」の解明に基づく「アリバイ崩し」の小説が多い点を挙げることができる。

『点と線』が単行本として刊行された1958（昭和33）年2月は、ロカビリー・ブームを背景に、日本劇場で「日劇ウエスタンカーニバル」がはじまり、新しい大衆文化が隆盛し始めた頃である。大衆社会の動向を物語る史実として、スバル360が5月に、スーパーカブが8月に販売され、11月に電車特急「こだま」が東京〜大阪・神戸間で運転をはじめ、12月に東海道新幹線の建設が閣議決定されている。

つまり戦後日本が高度経済成長に足を踏み入れ、都市部の富裕層を中心に所得にゆとりが生じ、車やバイクを所有したり、電車を利用した「旅行」に対する関心が高まっていた時期に『点と線』は刊行され、ベストセラーとなったのだ。

松本清張らしい「時代の空気」と「大衆の欲望」の双方を取り込んだタイムリーな作品と言える。

58年に公開された東映配給、小林恒夫（つねお）監督の映画版も、当時としては珍しいカラー映画で、大ヒット作となった。香椎海岸に横たわる男女の死体の上を「蟹が這う」印象的な場面から始まるサスペンスで、加藤嘉が演じる叩き上げの鳥飼刑事が博多弁を使って展開する「訛りを帯びた推理」が味わい深い。国鉄香椎駅前の「果物屋」の聞き込みの場面から、当時の福岡郊外の生活が垣間見える。松本清張を国民作家の座に押し上げた作品と言える。

本作は列車の発着の多い東京駅で、夕方の4分間のみ13番線から15番線に停車した博多行き特急「あさかぜ」が見通せるという「目撃」のトリックで知られる。この東京駅の「4分間のトリック」は、小説が大ヒットする原動力となり、同年に公開された映画版の大ヒットも手伝って「空前の松本清張ブーム」を生み出した。

松本清張が記した「私の発想法」によると、このシーンは清張が時刻表を読んで「机上で書いたもの」ではなかったらしい。「私がいくら時刻表のベテランでも、時刻表では発見できません。やはり十四・五番線を見通せる時間に、東京駅の十二・三番線のホームに立っていたから、そのことがわかったわけであります」[1]と清張は「4分間のトリック」を考えたきっかけについて述べている。

つまり清張の名声を高めた『点と線』は、「一度自分が旅をして、目に触れたものを小説の舞台に使う」[2]ことを信条とする作家が、偶然、東京駅で発見し、小説の題材として採用したアイデアを核としたものだった。「足で書く」ことで、庶民の視点から作品に「地に足の着いた現実感」を付与するのがうまい清張らしい執筆エピソードである。

死者が残した「食堂車の領収書」に着目し、佐山と女性の二人分ではなく、一人分の領収書が残されたことを「ミステリの仕掛け」にしている点も、同時代の人々の関心を引くものでうまい。当時、多くの人々が特急電車の「食堂車」を使った長距離旅行に「憧れ」を抱いていた。

本作で描かれる特急「あさかぜ」は、56年に東京〜博多間で寝台特急として運転をはじめ、この小説が刊行された58年に、冷暖房完備の20系寝台客車が投入されて、ブルートレイン・ブームを巻き起こした。「あさかぜ」は、電車特急「こだま」や「つばめ」、「はと」などと共に、新幹線の開通まで日本の長距離旅行を象徴する存在となった。

『点と線』は時代を象徴する「列車」を小説の中心に据えた、松本清張らしい「小説の道具立て」が映える作品と言える。他にも北海道の函館と釧路間で運行されていた夜行急行「まりも」の時刻表トリックなど、日本交通公社発行の「旅」に掲載された小説らしく、高度経済成長の恩恵を受けた人々の「旅情」をかき立てる描写が面白い。

電車を中心に据えたミステリ作品という点で、『点と線』は有川浩の『阪急電車』を想起させる。『阪急電車』は、長距離の特急列車を中心に据えた『点と線』とは対照的に、阪急電車の今津線という短距離のローカル電車を舞台にしている。有川は宝塚や関西学院大、阪神競馬場や西宮など特徴的な場所を沿線に持つ今津線の「風土」を取り込むことで、清張作品に通じる「旅情」を表現することに成功している。

『点と線』は、課長補佐と上層部の役人の「生死に関わる格差」を描いた「官僚小説」でもある。この作品は、１９５８年という時代を象徴する列車＝特急「あさかぜ」を中心に据え、高度経済成長の恩恵を受けた人とそうでない人の「格差」を様々な角度から描いた、松本清張の出世作である。

(1)「私の発想法」新潮文庫編『文豪ナビ　松本清張』新潮文庫、２０２２年、99頁

(2) 同右、98頁

⑩

一年半待て

初出 1957年／**主な舞台** 静岡県伊東市 伊東駅（1984年のドラマ版のロケ地）

刑法の原則を題材に模索した幸福な人生

戦争が終わり婚期を迎え、結婚し、高度経済成長期に入り、子育てに追われる中、平和であるはずだった家庭で生じた殺人事件を描いた作品である。気の弱い夫・須村要吉は、失業して酒におぼれ、生活費を浪費し、妻の須村さと子と2人の子供たちに暴力をふるうようになる。家計を支えるべく、さと子が生命保険の勧誘員としてダムの工事現場を回り、契約者を増やしていく中で、なぜ「夫の撲殺事件」を計画したのかがミステリの核となる。

本作の主人公は次のような経歴を持つ女性である。「さと子は、戦時中、××女専を出た。卒業するとある会社の社員となった。戦争中はどの会社も男が召集されて不足だったので、代用に女の子を大量に入社させた時期がある。／終戦になると、兵隊に行った男たちが、ぼつぼつ帰ってきて、代用の女子社員はだんだん要らなくなった。二年後には、戦時中に雇傭（こよう）した女たちは、一斉に退社させられた。須村さと子もその一人である」(1)。

この一節からも分かる通り、本作は松本清張らしい、戦後の混乱期に「弱い立場」に置かれた女性に対する観察眼が生きた作品と言える。

さと子の夫に対する復讐（ふくしゅう）劇は、「一年半の時間」を計算に入れた周到なもので、その「社会的な動機」が読みどころとなる。終盤に「一年半、待てなかった男」が登場し、彼がさと子の「別の顔」について告白することで、物語はどんでん返しの結末を迎える。

本作が繰り返しテレビドラマ化された理由は、この小説のダイナミックな逆転劇が、視聴者をテレビの前にくぎ付けにするからだろう。さと子の「一年半の計画」と終盤の「一年半、待てなかった男」の登場は、それほど予想外で、面白いのだ。

作中に登場する「婦人評論家」の高森たき子は、さと子が夫を殺害した事件を評して次のように述べる。「この事件ほど、日本の家庭における夫の横暴さを示すものはない、生活力のない癖に家庭を顧みないで、金を持ち出して酒を呑み、情婦をつくる、この男にとっては、妻の不幸も子供の将来も、てんで頭から無いのである」と。確かに夫の要吉の家庭内暴力はたちが悪く、子供たちを守るべく夫を殺したさと子が「三年の懲役、二年間の執行猶予」に情状酌量された理由も理解できる。

ただ本作は、さと子を純真無垢な被害者として描いていない。彼女が「精神的に自立した女性」として生命保険を売る中で夫に見切りをつけ、婦人評論家の同情論を盾にしながら、ひそかに「幸福な人生」を模索するなまめかしい姿を浮き彫りにしている。

清張作品に女性読者が多いのは、本作のように女性たちの受動性ではなく、能動性に重きを置いた作品を記すのがうまいからだと私は考える。

上述の「一年半、待てなかった男」は、次のようにさと子について証言している。「さして美人ではないが、男に好意を持たせる顔です。それに話すと、知性がありました。それをひけらかすのではなく、底から光ってくる感じでした。顔まで綺麗に見えて来るから妙です。いや、山奥では、たしかに美人でした。それに、彼女の話す言葉、抑揚、身振り、それは永らく接しなかった東京の女の人です。みんなの人気が彼女に集まったのは無理も無いでしょう。〈中略〉ところが、みんなに好意を寄せられる、もう一つの原因が彼女にありました。それは、彼女が未亡人だと、自分で云っていたことです」(2)と。

彼女が保険勧誘のためとはいえ、自らを「未亡人」であると、夫を殺害する前から嘘をついていたことが、彼女の「一年半の計画」が破綻するきっかけとなってしまう点に、松本清張の恋愛劇が持つ「業の深さ」が凝縮されている。

この小説は１９５７年に週刊朝日別冊に掲載された短編で、テレビドラマの枠に適した「ドラマチックな内容」ということもあり、繰り返し映像化されてきた。29歳のさと子役は、60年に淡島千景、68年に森光子、76年に市原悦子、84年に小柳ルミ子、91年に多岐川裕美、２００２年に浅野ゆう子、16年に石田ひかりなど「時代を代表する脂の乗った女優」たちが演じている。

歴代のドラマ版の中で個人的に最も印象に残っているのは、「火曜サスペンス劇場」の20周年記念作品として放映された２００２年の浅野ゆう子版である。バブル期のトレンディードラマで華々しく活躍した浅野が、年月を経て、仕事に行き詰った性格の悪い夫の暴力に疲れ果てて、殺人に手を染めていく姿が「平成不況の時代」を実感させる。

この小説は高度経済成長期からオイルショック、バブル経済を経て「失われた20年」に至るまで、戦後日本の各時代の特徴を織り込んで映像化され、人気を博してきた。

全集のあとがきによると、本作は刑法の条文から着想を得た内容だという。松本清張の言葉を借りれば、「(刑事事件で)判決の確定したものに対しては、あとで被告にそれ以上の不利な事実が出てきても裁判の仕直しはしない」という「一事不再理(いちじふさいり)」の原則をモチーフとしている(3)。厳密に言えば、「判決の確定したもの」であっても上訴(じょうそ)は可能なのだが、この小説では、さと子が「一事不再理」の原則を逆手にとって、夫を殺害した罪を「三年の懲役、二年間の執行猶予」へと軽くすることに成功した「謎」が描かれる。

本作の筆致は、夫を謎めいた「失踪(しっそう)」で亡くした主人公の幻想的な日常を描いた川上弘美の『真鶴』を想起させる。真鶴を舞台に川上が展開する「夫のきな臭い失踪劇」は、純文学的に主人公の「意識の流れ」を表現しながら、「信用できない語り手」が明かす新たな事実を織り交ぜることによって、読者の感情移入を誘う内容で、本作のように「妻が犯行に至る動機」をじわじわとあぶり出していく。

「一年半待て」は、苦労して経済的に自立した女性が「一年半」の計画で「同情」を盾として夫殺しに手を染めることで、精神的な安らぎを得ようとあがく「破滅的な恋愛小説」である。

(1) 「地方紙を買う女」『松本清張全集36　地方紙を買う女』文藝春秋、1973年、419頁

(2) 同右　430－431頁

(3) 「あとがき」『松本清張全集　36　地方紙を買う女』文藝春秋、1973年、547頁

⓫

地方紙を買う女

初出 1957年／主な舞台 山梨県甲府市 昇仙峡（本作ではK市の臨雲峡）

情報格差を手掛かりに あぶり出す戦争の影

松本清張の昭和30年代の作品の特徴は、戦後が終わり、高度経済成長の時代に足を踏み入れた日本が抱えた「負い目」を、様々な登場人物たちの内面を通してあぶり出す筆致にある。短編小説「地方紙を買う女」が発表されたのは1957（昭和32）年4月である。

同年3月にはソニーの前身となる東京通信工業が世界最小のトランジスタラジオを発売し、世界企業となる礎を築いた。また4月に売春防止法が施行されて風紀の取り締まりが強化されるなど、1956年度の経済白書に「もはや戦後ではない」と記された現実が、日本に到来している。ただ清張が本作で描くのは、シベリア抑留された夫の復員が依然としてかなわず、「戦争の影」を内に抱えた登場人物たちの姿である。

この小説は潮田芳子が、地方紙の「甲信新聞」を郵送で購読する印象的な場面から始まる。発行元の新聞社が東京から中央線の準急で2時間半くらいかかるK市にあると記されている点から、山梨県の甲府市を舞台にした作品だと考えられる。甲府市の観光名所・昇仙峡を想起させる「臨雲峡」も殺人事件の現場として描かれている。作中の盆地の描写やそこから見える富士山の風景も甲府らしいもので、『点と線』に代表されるその後の「旅行ミステリ」の習作のような雰囲気もあり、清張作品らしいサービス精神を感じさせる短編だ。

全体としてミステリの核となるモチーフがユニークで、芳子が連載小説に興

味があると記して購読し、約1カ月後に「小説がつまらなくなりました。つづいて購読の意志はありません」とはがきに記して購読を辞めた謎に迫っていく。

「隆治は苦笑したが、少しずつ腹が立ってきた。何だか翻弄されているようである。それから頭を傾けた。その読者が『面白いから読みたい』といった回よりも、『つまらないから』と購読を止めた回の方が、はるかに話が面白くなっているところなのだ。筋はいよいよ興味深く発展し、人物が多彩に活躍する場面の連続なのである。自分でも、面白くなったとよろこんでいた際なのだ」[1]。小説の出来栄えに自信を持つ隆治が、突如として購読を止めた芳子を「おかしいぞ」と疑い、彼女が地方紙を購読していた「社会的な動機」を調べ始めることで、物語はダイナミックに動き出す。飽きっぽい読者の心理について、独自の推理を展開する主人公の作家・杉本隆治は、駆け出しの頃の松本清張の姿を彷彿とさせる。

作家になる以前、清張は現地雇用に近い立場で、小倉にある朝日新聞西部本社に勤め、地方版の広告を作っていた。小倉市立板櫃尋常高等小学校を卒業後、印刷所の仕事を経て採用されたが、当初は出来高払いの契約社員の待遇であり、嘱託、雇員を経て正社員になったのは33歳の時だった。このような経緯から、彼は全国紙の新聞社に勤めながらも、学歴の格差や地方と東京の格差を感じながら働いていた。おそらく清張は、この時の経験を踏まえ、本作で地方紙と全国紙が持つ「情報の格差」に着目したのだと思う。

物語は初期の清張の短編らしく、簡潔でありながらダイナミックな内容である。芳子の購読日と解約日の記録と、連載小説を含む紙面の内容から、彼女がK市で起きた男女の情死事件を不自然に調べていた事実が発覚してしまう。地方紙を購読する女性の存在を起点に、さまざまな謎めいた伏線を一気に回収してエンディングに至る展開がスリリングな初期の名短編の一つである。

「地方紙を買う女」は、清張が作家としてデビューし、朝日新聞東京本社に移籍した時に、有楽町駅前で1日か2日遅れの地方紙が売られていたのを見かけたことで生まれた作品らしい。全集のあとがきに、清張は本作を執筆したきっかけについて記している。

「朝日新聞社にいたころは有楽町駅から乗り降りしたが、駅前に地方紙の立売りがあった。全国のおもな新聞が一日か二日遅れで並べられてあるのだが、東京に住む地方人の郷愁をそそるためか、かなり売れていたようだ。小説の発想は、その所見から思いついた。また、社を辞めてから私自身も、ある通信社のため地方新聞に小説を書いたが、この二つの経験を、この小説の中に取り入れている」(2)と。東京で生まれ育った作家であれば「地方紙の立売り」にさほど関心を持たなかったと思うが、松本清張は1953年に上京してまだ4年ほどしか経っていなかったため、「地方紙の立売り」に関心を持ち、本作の「トリック」を思いついたのである。

清張自身が地方新聞に連載していた小説のタイトル「野盗伝奇」が、本作の冒頭部分に登場している点を踏まえれば、心中事件の真相に迫る作家は清張の分身だと考えることができる。「この中に出てくる地方紙の連載小説は、私自身が書いていた同名の題である」[(3)]と上述の「あとがき」にも記されている。

シベリアに抑留された夫を待つ主人公を描いた本作は、直木賞を受賞した姫野カオルコの『昭和の犬』を想起させる。『昭和の犬』は、シベリア帰りの父親が、PTSDのような症状を患い、怒ると「獣の咆哮」のような声を上げて暴れるなど、戦後日本の社会や家庭に溶け込むのに苦労する姿を描いた作品である。

「地方紙を買う女」は、水商売で食いつなぎながら最愛の夫の帰りを待ち続けた芳子が抱える「心の闇」に着目している。「わたしは夫を愛していましたから、終戦と同時に、満州の大部分の将兵がシベリアに連れ去られたことを聞いて、大そう悲しみました」という芳子の言葉には切実な響きが感じられる。夫が日本に帰ってくるもう少しのところで、彼女は夫以外の男との関係を清算する「動機」を抱き、凶悪犯罪に手を染め、身を持ち崩してしまう。

この小説で清張が描いたのは、「もはや戦後ではない」と言われた時代に残存していた「戦争の影」に他ならない。本作は、シベリア抑留という戦中の日本が戦後日本に残した「負い目」を、地方紙と全国紙の「情報の格差」を足掛かりにして、一人の女性の孤独な人生の中で浮き彫りにした「犯罪メディア小説」である。

(1)「地方紙を買う女」『松本清張全集36　地方紙を買う女』文藝春秋、1973年、371頁
(2)「あとがき」『松本清張全集　36　地方紙を買う女』文藝春秋、1973年、546頁
(3) 同右

⑫
鬼畜

初出　1957年／主な舞台　埼玉県川越市（映画版のロケ地）

子育ての「本質」を突く
救いのない犯罪小説

静岡県・伊豆西海岸の松崎の断崖で、親が子を投げ捨てた事件をモデルにした小説である。お人よしで「妻の尻」に敷かれてきた主人公の宗吉が、長男の利一を青酸カリで殺害しようと試みて失敗し、利一が寝ている間に崖から放り投げるに至る顛末（てんまつ）を描く。自害に失敗した弟を手助けして罪人となる兄を描いた森鷗外の『高瀬舟』と比べても、「ブラック清張」の作品らしく、本作には「救い」がない。1978年に公開された映画版では、オリジナルの話として終盤に父役の緒形拳が号泣して利一に謝る場面が挿入されており、利一が父のことを「知らない」と証言し、警察からかばう姿が描かれることで、感情面の「救い」が表現されている。

監督の野村芳太郎は当初、主演を渥美清に依頼したが、子供を殺害する役ということもあり、断られたらしい。その後、緒形拳に依頼したものの芳（かんば）しくない返事だったため、岩下志麻が電話で「やりましょうよ、一緒に。緒方さんなら私も頑張れるから」と口説き落としたという[1]。結果として映画版の「鬼畜」は、日本アカデミー賞やブルーリボン賞で監督賞や主演男優賞を獲得し、時代を象徴する映画となった。1978年に公開された本作と翌年の「復讐（ふくしゅう）するは我にあり」で、緒形は「猟奇（りょうき）的な犯罪者役」として人気を博し、岩下は後の「極道の妻たち」につながる悪女役を身につけたと言える。後に清張作品の「看板女優」となる岩下は「悪女」の役作りのために、カメラが回っていない時も3

人の子役に嫌われるように意地悪を続けたという(2)。「妹と弟は父ちゃんが殺した　こんどはボクの番かな」という映画版の不気味な宣伝文句が「鬼畜」というタイトルにふさわしい。

物語は印刷職人の宗吉が27歳で結婚し、32歳で小さな印刷所の主となり、やがて鳥鍋料理屋の菊代を愛人にして身を持ち崩していく話である。宗吉の印刷所が傾いた時を見計らったように菊代は3人の子を引き連れ、8年間の関係を清算しにやって来る。みうらじゅんが指摘しているように、清張作品の普遍的な要素として「野心」「気の弱さ」「業(ごう)」「独占欲」「功名心」などを挙げることができるが(3)、本作はこれらの要素が絡み合い、物語の核を成している。映画版で緒形が浮かべる困惑した表情が「人間の業の深さ」を雄弁に物語っている。清張作品の魅力をうまく引き出した映画の一つと言える。

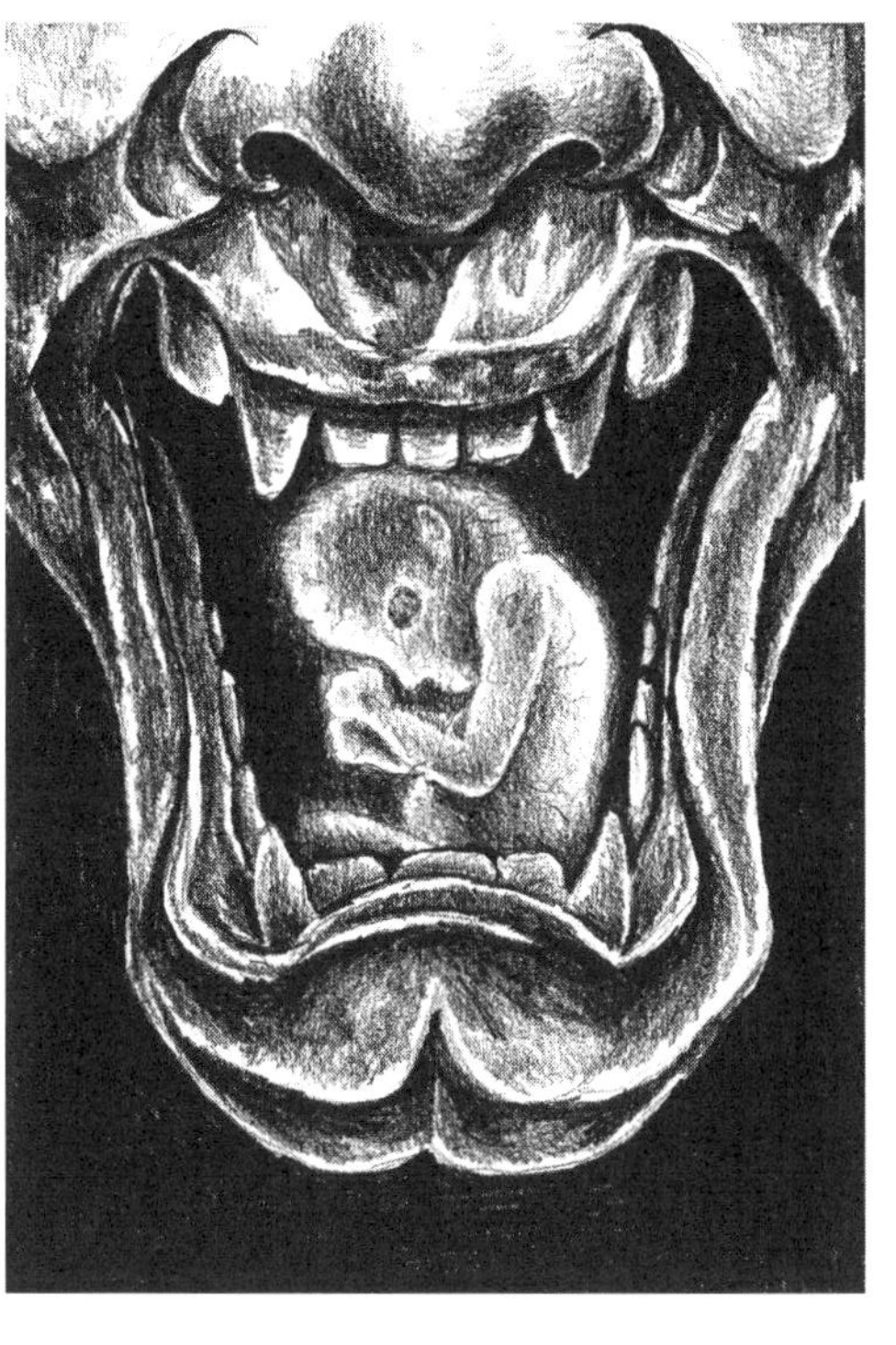

物語の冒頭で生じる「修羅場」で、本妻のお梅は次のような啖呵(たんか)を切る。「うちには金は一銭も無いからね。あんたがよそから借りてくるなり、泥棒するなりしてこの女のかたをつけるんだね」と。3人の子を連れた菊代は「それでも人間か。そんなにこの男が欲しかったら、きれいに返してや

る」「そのかわり、この子たちは、この男の子供だからね。この家に置いていくよ」と応じ、家から飛び出して走り去ってしまう。短時間のやりとりで宗吉とお梅は3人の子供を引き取ることになり、お梅は「二号さんの子」をかわいがることなく、宗吉と共謀して子供たちを殺そうと試みる。みうらじゅんが言うように、清張の作品は「家庭を持ってから読んでほしい」もので[4]、この小説は満ち足りた人生を送りながら、どことなく「不埒な欲望」を抱えながら生きる人間の「心の死角」をあぶり出す。

本作に限らず、松本清張の作品には「悪妻」が数多く登場するが、清張は「悪妻」について独自の考えを持っている。「私の発想法」では「トルストイが、奥さんに苛められ、奥さんに対する怒りを胸に持って、それに耐えていたからこそ、『戦争と平和』とか『復活』とかいう不朽の名作を残したわけです」[5]と述べている。清張の「悪妻論」は射程が広く、作家に限らず、測量家として名高い伊能忠敬についても次のように記している。「忠敬はその信頼した内妻、そしてこよなき助手が無断で出奔したのを契機に、その苦しみを忘れるために、全国の測量をやってしまうんです。〈中略〉まるで馬車馬のように全国を歩いて、ついに日本全図を完成してしまう。五十過ぎてからのことです。これもやはり一種の内的苦悩を消すために、自分の仕事に打ち込んだと言えると思います」[6]と。

岡倉天心についても、九鬼隆一の妻・波津子と不倫関係になり、子供（九鬼周造）を設けたとされる話を引きながら、次のように記している。「天心にとって、自分の家は火宅であります。火の家であります。奥さんが狂う。波津子さんは狂ってやってくる。〈中略〉ところが、それから天心は、その一切の苦悩を忘れるがごとくに、インドに行くわけです。インドに行って英文で書いたのが、『茶の本』や『日本の目覚め』というような著作であります」[7]と。松本清張は、「悪妻」を好意的にとらえ、歴史上の人物を「感情的に奮起させる存在」であると考え、自らの作品でも「物語に劇的な変化を与える存在」として重要視している。

本作で「悪妻」を中心に据え、高度経済成長期の「児童虐待（ぎゃくたい）」を描く筆致は、親から虐待を受けて児童養護施設で育った3人の子供のその後の人生を描いた天童荒太（あらた）の『永遠の仔（こ）』を想起させる。本作では3人の子が宗吉に似ていないことが悲劇の発端となるが、子が親に似ていないという理由で虐待され、殺されていく姿を目にするのは実に辛（つら）い。

そもそも「子供が自分に似ているからかわいい」と思うことは「自己愛」が変容した愛情だと私は考える。「自分に似た遺伝子を残す」という生物学的な本能に根差した「利己的な愛情」だとも言える。「鬼畜」は「自己愛が変容した利己的な愛情」を抜きにして子供に愛情を注げるかという際どい問いを秘めた、子育ての本質を突く「犯罪小説」である。

(1) 「清張映画で〝大人の女〟になった」「週刊文春」文藝春秋、２０１７年11月2日号、１５１頁
(2) 同右
(3) 「清張地獄の門『ゼロの焦点』――因果応報の世界」『松本清張生誕１１０年記念　清張地獄八景』文藝春秋、２０１９年、15頁
(4) 同右　12頁
(5) 「私の発想法」新潮文庫編『文豪ナビ　松本清張』新潮文庫、２０２２年、１０４頁
(6) 同右　１０７頁
(7) 同右　１１０－１１１頁

⑬

眼の壁

初出 1957年／主な舞台 三重県伊勢市

村上春樹作品と共通 多種多様な「仕掛け」

松本清張のミステリ作家としての「引き出しの多さ」を感じさせる長編の代表作の一つである。主人公は昭和電業製作所の次長・萩崎竜雄で、世話になった会計課長が3千万円の手形詐欺に引っかかり、神奈川・奥湯河原の山林で縊死したことで、事件の調査に乗り出していく。素人の会社員と友人の新聞記者が物語を牽引するため、冒頭はサラリーマン小説のようだが、やがて詐欺事件に新興右翼や政治家が関わっていることが明らかになり、「巨悪」と対峙する大掛かりな物語となる。

時刻表トリックや死体輸送のトリック、自殺偽装のトリックなど、推理小説らしいさまざまな仕掛けがちりばめられている点が、特徴的な作品でもある。特に濃クロム硫酸風呂が登場するラストシーンは、犯罪ミステリの枠を超えて、ハリウッド映画のような視覚的なインパクトを与える。皮革工場で使われる劇薬を、白骨化した死体が重要な役割を果たす小説の小道具にしている点が、小倉の工業地帯で育った清張らしい。

一般に松本清張は「事件の動機」を重視する作家として、推理小説のトリックをあまり重視していなかったと言われる。しかし清張をよく知る作家の対談によると、清張は日常生活の中で「新しいトリックを考えること」を習慣にしていたらしい。「ぼくは推理作家協会賞の選考会で清張さんと一緒になったことがあるんです。そのときも、候補作と同じようなトリックが外国にあるかどう

かを非常に気にしていましたね。つまり清張さんは社会派で、トリックにそうとらわれないと思う方が多いでしょうが、むしろ、ぼくら以上にトリックを重視しているんですね」(1)と。

清張はパターン化されたトリックにも一通りの関心を持っていた。「昔、推理作家協会で、乱歩さんが『トリック集成』を作り、『幻影城』に載せたんです。清張さんは、それが自分に非常に勉強になったので、いまの推理作家のために新しいトリック集成を作れ、とぼくらに命じたことがあった」(2)らしい。また日常的にトリックの話をすることも珍しくなく、「たまたまお宅へ遊びに行ったときに、『凄くいいトリックを考えたから、ちょっと聞いてくれ』と言われたこともあります。神社のところに立っている高札(たかふだ)で人を刺し殺し、また高札を元のように地面に立てておけば凶器が分からないんじゃないか。まさか目の前に凶器が突き刺さっているとは誰も思わないんじゃないか、と言うわけです」(3)。このような物騒で、ユーモラスなエピソードが残されている点が清張らしい。神聖な場所である神社の「高札」を使った、まがまがしい殺人事件を構想している点も面白い。

本作は、清張作品の中でも屈指の「多様

なトリック」に彩られた「オーソドックスな推理小説」と言える。東京で起きた事件が、八ケ岳の麓にあるとされる「長野県春野村」などの中央アルプスの架空の寒村や、三重・名古屋・岐阜など幅広い地域を舞台として展開されている点も本作の魅力である。岐阜県の土葬の風習が残る村から偽装のために死体を奪おうとする描写など、この時代の都市と農村の格差が伝わってくる。

作中には東京の多摩や大阪の千里と並んで三大ニュータウンに挙げられる愛知の高蔵寺も登場するが、この当時はまだ開発前ということもあり、ひなびた農村として描かれている。主要な登場人物たちが、中央アルプス近辺の貧しい農村の出身者ということもあり、土地に縛られた小作農の厳しい生活が、本作の基調低音をなしている。

戦前に軍部の機密費を財源としていた右翼が、戦後に資金に窮して非合法的な活動に手を染めてきたという描写は、戦後日本の闇を活写した『日本の黒い霧』を想起させる。松本清張は政治信条の上で右翼でも左翼でもなく、率直に貧しい人々の生活に寄り添った作家だったと私は考えている。「戦後は、そのパトロンを失ったのでね、いきおい、新興右翼は、その財源を非合法な手段にうったえなければならなかった。〈中略〉そこで、節操も主義もないアプレ右翼は、恐喝、詐欺、横領などを働く」(4)という本作の登場人物の言葉には、戦後の混乱期に、闇市での売り上げなどを資金源として庶民を食い物にしてきた「アプレ右翼」への強い怒りが感じられる。清張のミステリ小説の中でも「政治的」な作品の一つと言える。

このような本作の描写は、「保守党の派閥」を仕切る児玉誉士夫のような「右翼の大物」との対決を描いた、村上春樹の出世作『羊をめぐる冒険』を想起させる。読者を引き付ける「仕掛け」の多彩さという点でも、村上春樹作品は本作に通じる部分がある。また『眼の壁』の主人公の竜雄が犯行グループの女性・

上崎絵津子に恋をしながら、彼女の足跡を追う展開は、『羊をめぐる冒険』や『世界の終りとハードボイルド・ワンダーランド』など、「性的な欲望」を動力源とした村上春樹の「冒険小説」と似ている。人が次々と死んでいく犯罪小説でありながら、主人公が庇護（ひご）欲と表裏一体の恋愛感情を持ち、「影を持つ美女」を追いながら事件の真相に迫り、物語を牽引していく点に、清張の流行作家らしい才能が感じられる。

この作品が「週刊読売」に発表された１９５７（昭和32）年は高度経済成長のただ中で、東京は人口でニューヨークやロンドンを抜いて世界一となった。本作の舞台として描かれる名古屋では名古屋―栄町間の地下鉄が開通し、日本初の地下街、名駅地下街サンロードがオープンしている。コカ・コーラの日本での販売が始まったのもこの年で、ロッテの「グリーンガム」や日本専売公社の「ホープ」などヒット商品も次々と生まれた。

本作は、このような経済成長の時代に取り残された中央アルプスの農村を舞台として、恩人の仇（かたき）を取るために右翼の親分や政治家たちに復讐（ふくしゅう）する主人公を描いた、松本清張らしい「時代にあらがうサスペンス」である。作中で言及されるヘミングウェーの『キリマンジャロの雪』のような「ハードボイルド小説」とも言えるだろう。

⑴「『推理作家』清張さんとの三十年　佐野洋×山村正夫」『松本清張生誕１１０年記念　清張地獄八景』文藝春秋、２０１９年、１９０頁
⑵ 同右　１９１頁
⑶ 同右
⑷「眼の壁」『松本清張全集34　半生の記・ハノイで見たこと』文藝春秋、１９７４年、２３２頁

⑭

無宿人別帳

初出 1957年／主な舞台 新潟県佐渡市

はみ出し者の不運ににじませた人生哲学

無宿人とは、江戸時代の戸籍原簿に相当する宗門人別改帳に登録されなかった人々の総称である。追放刑を受けたり、生家から勘当されたり、無断で居住地を去る「欠落」をした人々が無宿人と呼ばれた。

天明年間（1781〜89）に起きた飢饉で、無宿人の数が飛躍的に増大し、江戸の治安が悪化したと言われる。本作で描かれるのは、この頃の江戸で、無宿人の犯罪が社会問題化し、更生施設として隅田川の石川島に人足寄場が設置された時代である。

たとえばこの小説の「海嘯」に登場する野州（現在の栃木県）出身の無宿人・卯之吉は、石川島の人足寄場に収容されたことに感謝して次のように述べている。「おれは此処がありがてえところだと思っている。お飯は下さる。寝るところもある。おまけに出る時は鳥目まで下さるのだ。考えても見ねえ。おれは、ここへ来るまでは橋の下や軒の蔭に寝ていたのだ。菰をかぶって往来を歩いたものだ。人に乞食か非人のように見られてよ」[1]と。

この時代、無宿人は犯罪の有無にかかわらず捕らえられて、佐渡金山の地底深くで、強制的に労働させられることもあった。「世界初の職業訓練施設」と言われた石川島は、ある意味で恵まれた場所だったのだ。山本周五郎の代表作の一つ『さぶ』でも石川島は、窃盗のぬれぎぬを着せられた主人公の栄二にとっての「成長の場」として描かれている。

本作は10作の短編からなるが、作品の舞台は石川島から佐渡の金銀山、八丈島までさまざまである。無宿人にとって最も過酷な場所は、ほとんど囚獄に近い佐渡で、「逃亡」では無宿人たちが酷使され、病犬のように次々と病死していく姿が描かれている。

「罪の無い、ただ無宿人というだけの理由で、江戸からここ佐渡の金銀山に水替人足として送り込まれる人数は、年間に相当なものだったが、死亡した数も多かった。／人間扱いの労働ではなかった。〈中略〉『地獄だ』／と人足どもが息を切らして吐くのは、言葉だけの形容ではなく、身体に体験する実感であった。作業は昼夜交代だが、岡（坑外）に上るとみなが病人のようだった」[(2)]と。

佐渡から逃れることは極めて難しく、「たとえ、小屋から逃げても、佐渡と本土とには海が巨きな障害となって横たわっている。川のように泳いで渡るわけにはゆかず、舟が無ければどうにもならぬことだ。狭い佐渡の島を逃げ廻るだけで、所詮は袋の鼠であった」[(3)]とも記されている。ただ、この作品では、佐渡から意外な方法で脱出する一人のしたたかな農民の姿も描かれている。

清張は無宿人たちの不運な姿を、零落し

て木賃宿で寝泊まりしていた父親やその子として生まれ育った自分自身の姿に重ねている。たとえば「俺は知らない」の銀助は、質屋を襲った罪を押し付けられて牢屋敷に送られ、隣の牢で脱走を企てていることを告げ口して出獄するが、「不合理な、全く自分の意思でないこと」で人生の隘路にはまり込んでしまう。このような姿は、不器用な人生を歩んだ清張の父親を想起させる。

松本清張の『半生の記』には、１９２９年に清張が「思想犯」として特高に目を付けられ、『無宿人別帳』の登場人物たちのように留置所に入れられ、出所した後も刑事に付きまとわれた経験が記されている。「便所は二枚の板が四角い壺に差し渡されてあるだけで、同房の連中の目の前で大小便を垂れ流すのであった。／留置所には十数日間入れられた。出てきたときは桜が咲いていた。母は泣いた。／釈放されてからも、近藤という刑事はたびたびやってきた。彼が来るたびに父は酒をタダ飲ませた。刑事のしつこさを、このとき知ったのだが、のちに小説で『無宿人別帳』の中にそのかたちを書いている」[4]と。

本作で清張は「無宿人たちの不運な姿」に、治安維持法が制定され、昭和恐慌が訪れ、思想弾圧が行われた時代の記憶を重ねている。『無宿人別帳』は清張が拷問を受けた経験を手掛かりに、思春期に好んで読んだ菊池寛や芥川龍之介のテーマ小説のような物語を「実感」と共に展開した出色の出来栄えの小説である。時代小説ということもあってか、清張作品の中ではさほど高い評価を受けていないが、すべてのジャンルの中でも松本清張の屈指の代表作と言える。

清張よりデビューの早かった水上勉が井上ひさしとの対談の中で、本作を含む清張の時代小説を読み、作家として勉強し直したと述べている[5]。１９６３年に公開された松竹の映画版には、渥美清と三國連太郎が出演しており、後に松竹の看板映画となる「男はつらいよ」と「釣りバカ日誌」が「獄門島」で合体したような贅沢な内容に仕上がっている。

本作の密度の濃い内容は、現代日本の作家で言えば、織田信長に反旗を翻（ひるがえ）したことで知られる武将・荒木村重（むらしげ）を描いた、米澤穂信（ほのぶ）の直木賞受賞作『黒牢城（こくろう）』を想起させる。米澤は清張のように、予想外の方向に物語を展開し、落語の人情噺（ばなし）のように「感情に訴えかけるような落ち」を作るのがうまい。

松本清張全集の月報で畑正憲（まさのり）は、本作にのめり込み、貸本屋で借りて読んだが返却できず、賃借料が本の定価より高くなったというエピソードを披露している[6]。確かにこの小説は各短編がスリリングな物語構造を有し、深みのある人生哲学を感じさせる。

『無宿人別帳』は、江戸時代の日本を舞台に、貧しかった父親と自身の姿を織り込んだ、社会の下層を生きる人々を知る松本清張にしか書き得ない「クライム・サスペンス」である。

(1)「無宿人別帳」『松本清張全集24　無宿人別帳・他』文藝春秋、1972年、29頁
(2) 同右　56−57頁
(3) 同右　57頁
(4)「半生の記」『松本清張全集34　半生の記・ハノイで見たこと』文藝春秋、1974年、25−26頁
(5)「清張さん、ちょっといい話」文藝春秋編『松本清張の世界』文春文庫、2003年、75頁
(6)「松本清張全集第二十四巻月報　黒の回廊19」『松本清張全集24　無宿人別帳・他』文藝春秋、1972年、月報（7）頁

⑮

黒地(くろじ)の絵

初出 1958年／主な舞台 福岡県北九州市 旧キャンプ城野

惨劇(さんげき)に潜む差別に光
事件描く文体を模索

朝鮮戦争の最中の1950（昭和25）年7月11日に北九州・小倉で起きた米軍陸軍兵士の集団脱走・暴行事件を描いた作品である。小倉には米陸軍第24歩兵師団が駐屯(ちゅうとん)しており、同年6月に朝鮮人民軍が大韓民国に侵攻したことで、そこは朝鮮半島に次々と歩兵を送り込む前線基地となっていた。偶然にも松本清張は事件が発生した「キャンプ城野」の近くに住んでおり、GHQ（連合国軍総司令部）の情報統制で事件の詳細が報道されなかったことに、強い疑念を抱いた。

『半生の記』によると、事件の日、清張はいつも通り、「キャンプのすぐ横」の自宅から朝日新聞西部本社に出勤し、夜8時ごろに社を出て、事件現場近くの三郎丸の停留所で降り、自宅まで1キロほどの道のりを歩いて帰っている。

「私は何も知らなかったのである。昨夜、すぐ近くのキャンプから黒人兵が集団脱走し、この住宅を初め近在の民家に押し入り暴行を働いたというのだ。近所の話では、四、五人ずつ武装した黒人兵が店に押し入り、その辺の酒をタダ飲みしたうえ、棚にあったウイスキーをごっそり持ち去ったという。ある家では亭主が銃の台尻(だいじり)で殴られ、ある家では主婦が強姦(ごうかん)されたといっていた。〈中略〉昨夜はピストルの射(う)ち合いがあり、照明弾が射ち上げられたりして、まるで市街戦だったと言っていた。〈中略〉あとで分かったことだが、黒人兵は浜松のほうから移動してきた一団で、黒原キャンプには二晩泊り、いよいよ明日は朝鮮

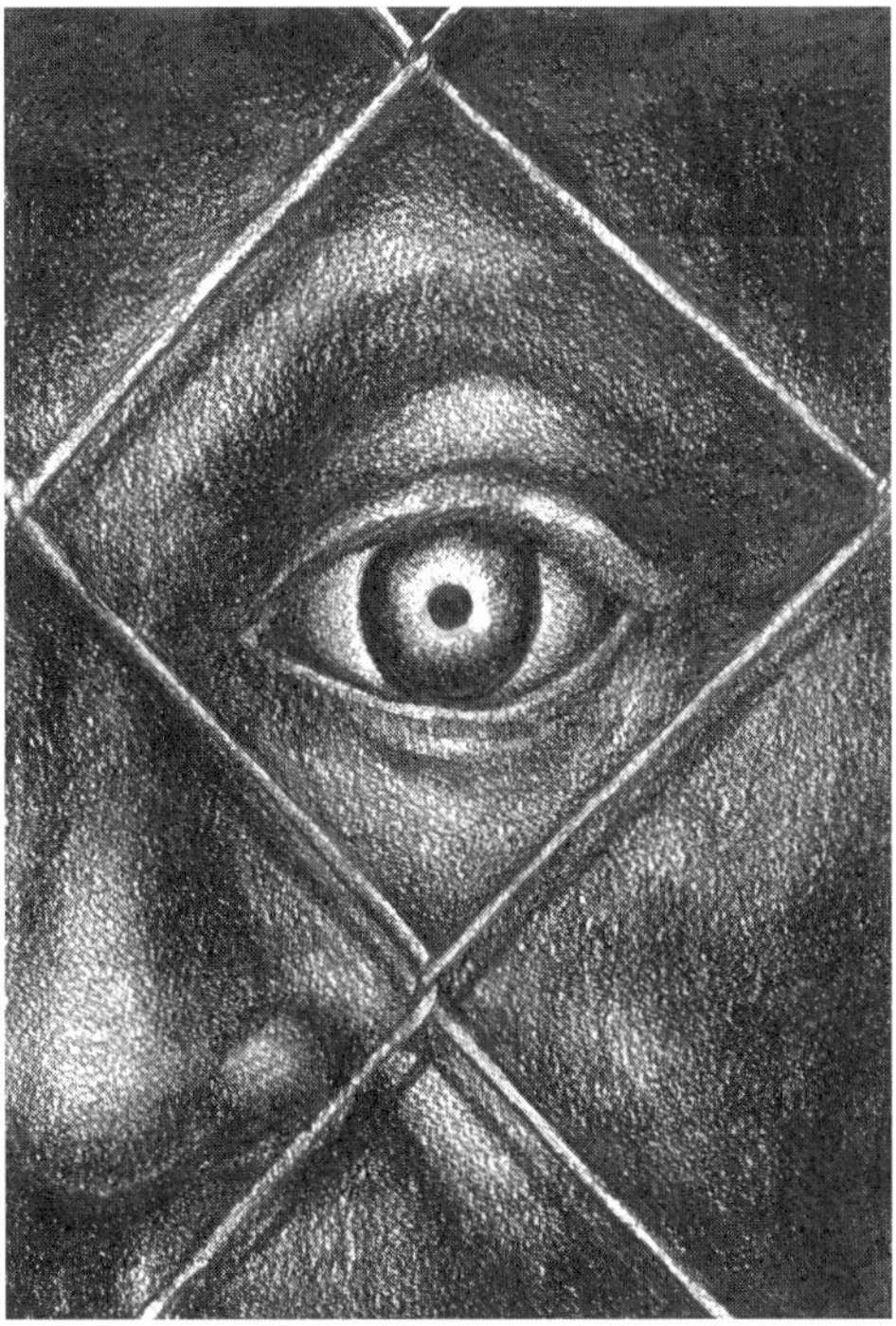

に出動するという前夜だった」(1)と、清張はこの日のことを記している。

本作で生々しく記されている通り、当時、欧米の白人による有色人種に対する蔑視は激しく、戦争の最前線に送られる米兵はアフリカ系の人々が多かった。この小説で描かれるキャンプで働く歯科医の香坂は、次のように述べている。

「どうだい、君も気づいたろう? 戦死体は黒人兵が白人兵よりずっと多いだろう〈中略〉おれの推定では、死体は黒人兵が全体の三分の二、白人兵が三分の一だ。黒人兵が圧倒的に多い、ということはだな、黒人兵がいつも戦争では最前線に立たされているということなんだ」(2)と。このような事実を踏まえ、清張はアフリカ系の米兵の入れ墨から「黒地の絵」という表題を採った。

朝鮮戦争による戦死者が増える中で、兵士たちの不満が高まり、戦地に行くことに嫌気が差したアフリカ系の米兵・約250人が、完全武装したまま小倉のキャンプ城野を脱走し、暴行や略奪、強姦を犯してしまう。この日はちょうど小倉の祇園祭の直前で、街中には太鼓の音が波のように響きわたり、非日常的な雰囲気が漂っていたという。この時、キャンプ城野に集まった兵士たちは、朝鮮人民軍との戦闘について死のリスクが高いものであることを理解していたという。「黒人兵士たちの胸の深部に鬱積した絶望的な恐怖と、抑圧された衝動とが、太鼓の音に攪拌せられて奇妙な融合をとげ、発酵をした」と清張は、本作で事件を起こした兵士たちの内面に迫っている。

松本清張の心理描写は、豪放磊落な外見とは対照的に細やかである。朝日新聞社時代の松本清張を知る元同僚の岡本健資は、「あのころの松本清張」で次のように記している。

「彼は腰にぶら下げた汗臭いタオルで、汗まみれの顔をさも心地よさそうに拭った。／人は、彼のことを、『よごれ松』と呼んだ。小説を書くようになってからは、さすがに聞かれなかったが、ワイシャツの裾がズボンからはみ出していても、兵隊靴の爪先が開きかけていても、彼は平気だった。／そんな外見など衒わない彼の図太い神経のどこから、あの緻密な心理描写が生まれてくるのか、私には不思議に思えた」(3)と。

本作のように敗戦直後に起きた米兵の暴行を描いた作品として、現代小説では、大江健三郎の『取り替え子　チェンジリング』が思い浮かぶ。この作品は、大江の義理の兄・伊丹十三を想起させる人物が巻き込まれた事件を描いたもので、伊丹が投身自殺をした3年後に発表され、物議を醸した。大江自身、愛媛県の農村で進駐軍がジープ型の車で村に来るのを目の当たりにしており、敗戦後の混乱期に生じた物事を好んで小説の題材にしている。

文芸評論家の江藤淳は、「黒地の絵」を「巧妙な推理小説的話術で書かれた好読物」と評価しつつ「黒人兵の死体の毒々しい鷲の入墨を切り裂く復讐のドギツい横顔を描いて能事足れりとしている」と評した(4)。同じく文芸評論家の平野謙は本作の「現実に対する独特の切りこみかた」を評価する一方で「題材それ自体の衝撃的な重さを、まだ十全に処理されていない」と指摘した[5]。本作に限らず、初期の清張作品の評価は、良作であっても芳しくない。

この小説は『日本の黒い霧』に連なる系譜の作品だが、この時点の清張はノンフィクションとフィクションが入り交じった文体を試している様子で、身近で起きた事件の重さを文学的にどう表現していいか戸惑っているように思える。

ただ清張は、40歳を過ぎてデビューし、批評家から辛辣に評価されても意に介することなく、上述の岡本健資に次のように述べていたという。

「いろいろ言うヤツがいるが、おれは気にしとらん。だいいち、初めから芥川賞など狙ってもいなかったのだから、ふさわしいも、ふさわしくないもない。これからも、おれは他人の目なぞ少しも気にせずに、書きたいものをドンドン書いていく」[6]と。

後にベストセラー作品となる『日本の黒い霧』は、このような作家として駆け出しの時期の苦労と試行錯誤を経て生まれたのである。

(1) 「半生の記」『松本清張全集34　半生の記・ハノイで見たこと』文藝春秋、1974年、79－80頁
(2) 松本清張『黒地の絵　傑作短編集（二）』新潮文庫、新潮社、1965年、148頁
(3) 「あのころの松本清張」『松本清張生誕110年記念　清張地獄八景』文藝春秋、2019年、171頁
(4) 江藤淳『全文芸時評　上巻』新潮社、1989年、26頁
(5) 「解説」『黒地の絵　傑作短編集（二）』新潮文庫、新潮社、1965年、501－502頁
(6) 「あのころの松本清張」『松本清張生誕110年記念　清張地獄八景』文藝春秋、2019年、175頁

⑯

ゼロの焦点

初出 1958年／**主な舞台** 石川県羽咋(はくい)郡志賀町 ヤセの断崖(だんがい)(映画版のロケ地)

映(は)えるグッドクリフ 能登に根を張る人々

東京・立川で米兵相手の売春を行っていた女性たちのその後の人生を、能登半島の「家」を舞台に描いた松本清張らしい物語である。清張が「ブラック清張」と呼ばれるきっかけとなった代表作の一つと言える。

『黒い画集』や『黒の図説』など清張は黒を題名に取り入れた作品を多く記しているが、本作ではラストシーンで真犯人が日本海に舟を出し、「黒い点」となって沈んでいく場面が鮮烈な印象を残す。しかもこの場面は一人の女性が死に行く暗いものとしてではなく、最後に光り輝く生を全うさせる感動的なものとして描かれている。清張が生死を超えた人間の実存に文学的な価値を見出していることが分かる名シーンで、本作の際どさを象徴的に物語っている。

清張ファンとして知られるみうらじゅんが、松本清張作品のベストに挙げていたことも頷(うなず)けるまがまがしさだ。

この作品が刊行された1959（昭和34）年12月には、第1回日本レコード大賞が文京公会堂で開催され、永六輔(ろくすけ)作詞、中村八大(はちだい)作曲・編曲の水原弘「黒い花びら」が大賞を獲得している。「黒」という言葉が流行した年だったと言えるかもしれない。日本レコード大賞は戦後の音楽業界の変革を目的として、米グラミー賞を参考に設けられ、高度経済成長期を経て日本を代表する音楽賞となった。

映画版の「ゼロの焦点」は、「羅生門」や「七人の侍」、「生きる」など黒澤明

監督の名作の脚本を手がけた橋本忍と、若き山田洋次が脚色を手掛け、野村芳太郎監督で1961年に公開され、サスペンス映画の原型を作った。石川県のヤセの断崖をロケ地にした「崖っぷちのシーン」は、能の舞台のように異次元のものとして日本海を背景に映える。松本清張の生誕100年を記念して製作された2009年の映画版には、広末涼子、中谷美紀、木村多江が出演している。

『ゼロの焦点』は都会の華々しい大衆文化とは縁遠い、能登半島の農村の生活を描いた内容である。ミステリの根幹を成すのは、立川で米兵相手に売春をしていた女性たちのその後の人生であり、高度経済成長の中で忘却されてきた物事である。「現在に重点を置くあまり、過去の履歴はさほど追及されない」という本文中の言葉が、実に不穏で、みうらじゅんの言う「グッとくるグッドクリフ」[1]が作中で妖しく映える。原作の舞台となった能登金剛の近辺や、映画版のロケ地となった「ヤセの断崖」は、福井県の東尋坊と同様に投身自殺の名所として知られ、本作の大ヒットで観光地としても有名になった。

清張作品らしく、この小説は能登半島の風土が重要な役割を果たす内容でもある。

金沢—東京間を往復し、北陸鉄道で能登半島を隅々まで巡りながら、「戦後日本の影」を体感させる展開がダイナミックである。「金沢に着いてからすぐに、町を見物がてらに歩いたとおっしゃってたでしょう。それが妙なんです」／本多は話しだした。／「京都から直行で朝着く急行列車は、一本しかないのです。京都を二十三時五十分に発つ《日本海》で、金沢は五時五十六分です。まだ金沢は真暗ですよ」[2]。夜行列車での旅が当たり前だった「時代」の雰囲気を伝える「時刻表トリック」も、巧みに旅情をかき立てる。

悪い噂が少しもない夫の鵜原憲一が、石川県で謎の失踪を遂げ、その足跡を妻・禎子が甲斐甲斐しく追っていく。結婚したばかりの禎子は、夫が過去に立川で売春婦を取り締まる警官だったことを突き止め、彼とかつての売春婦たちの関係に迫っていく。加害者にも被害者にも複雑な過去の「しがらみ」があり、松本清張のミステリ小説らしく、何れの側にも感情移入を誘う「肉感的な仕掛け」が用意されている。地方と都会、男性と女性、生者と死者などの「格差」をパワフルに乗り越えていく奇想天外な物語展開が、この時期の松本清張らしい。

松本清張が記した「私の発想法」に、本作を執筆した「リアルなきっかけ」と、敗戦後に売春をしていた女性たちに対する「生乾きの思い」が記されている。

「あるとき、立川のある大衆食堂に入りまして、簡単なものを食べておりますと、そこへけばけばしい服装の女性が、下駄履きかサンダル履きで入ってまいります。もちろんそれは、まだ米軍が駐留しておりましたときで、米兵相手の特殊な職業の人です。〈中略〉敗戦直後の社会混乱の中で、そうした婦人の特殊な職業は、一種の社会的な責任でもあり、また敗戦国が味わう宿命でもあります。〈中略〉そうした婦人が、現在は地方で有名な評論家として知的な活動をしているかもしれない。あるいはまた、幸福な家庭を営んでいるかもしれない。そういう女性の前に、自分の過去を知る人物があらわれたときに、女性としては、現在の生活を必死に守らなければなりません。その防衛のために、婦人が一種の犯罪を犯すというのが、この作品の主たるテーマであります」[(3)]と。

つまり松本清張は、実際に立川で出会った「特殊な職業の女性」たちの記憶を創作的にひも解き、本作に登場する女性たちを描いたのである。「社会派の作家」らしい「足で書く」小説の技法に裏打ちされた作品で、現実の女性をモデルに、自己の経験を投影することで、清張は多くの女性の読者から共感を得ることに成功した。

『ゼロの焦点』は石川県を舞台にしている点で、能登半島の先端に近い曽々木(そそぎ)海岸を舞台にした宮本輝の代表作『幻の光』を想起させる。作中で繰り返し引用されるエドガー・アラン・ポーの最後の詩「アナベル・リー」の「海沿いの墓のなか／海ぎわの墓のなか」という一節も『幻の光』の雰囲気に通じる。『ゼロの焦点』は、ポー作品のように複雑な謎が織り込まれた小説でありながら、戦後の混乱期をたくましく生き、能登半島に根を張って生きる人々の暮らしに焦点を当てた「日本海ミステリ」である。

(1) 「清張地獄の門『ゼロの焦点』——因果応報の世界」『松本清張生誕110年記念　清張地獄八景』文藝春秋、2019年、15頁
(2) 「ゼロの焦点」『松本清張全集3　ゼロの焦点・Dの複合』文藝春秋、1971年、77頁
(3) 「私の発想法」新潮文庫編『文豪ナビ　松本清張』新潮文庫、2022年、90－91頁

⑰

黒い画集　遭難(そうなん)

初出 1958年／主な舞台 長野県大町市 鹿島槍ヶ岳(やりがだけ)

北アルプスで生じた狂おしい人間の心理

北アルプスの鹿島槍ケ岳(やりがだけ)で起きた遭難(そうなん)事故をめぐるミステリである。A銀行の丸ノ内支店に勤務していた若手社員の岩瀬秀雄が、上司の江田昌利に誘われた登山で、霧と雨の中で山小屋に行く方向に迷い、凍死してしまう。

「週刊朝日」に1958（昭和33）年9月から1年9カ月にわたって掲載された『黒い画集』の第1作で、当初はイギリスの作家・サマセット・モームが、ヨーロッパや横浜、神戸など幅広い土地を舞台に記した『コスモポリタンズ』を念頭に置いた企画だったらしい[1]。松本清張は、編集者の要望に応えながら作風を広げてきた作家だが、本作を通してモームのような「小説のバラエティーの豊かさ」を獲得したと言える。

この作品が発表された頃、登山ブームが始まっており、経験の浅い登山家による「遭難事故」が新聞で頻繁に報じられていた。全集に収録されている「『黒い画集』を終わって」によると、清張は登山ブームで増えた遭難事故に関する記事を読んで「その中に人間の作為的な遭難もあるのではないか」と疑い、本作を書き始めたという。「山でのパーティの事故は、それが自然発生的なものか、人為的なものか、区別が容易でない」[2]と清張は考えていた。

本作に限らず、清張は大衆の欲望とその背後に垣間見える「狂気」を小説に取り入れるのがうまい。「もし人為的なもの、たとえば、過失致死に値するようなものがあれば、その過失はまた人間の作為とは紙一重の差であろう」[3]と彼は

「『黒い画集』を終わって」で述べている。清張は多くの人々が「日常の延長にあるレジャー」だと考える登山を「非日常の延長にある事件」が起こり得るものだと解釈していたのだ。

前年の57年に刊行され、ベストセラーとなった井上靖の『氷壁』を先行する作品として意識していたようである。「私は『遭難』を北アの鹿島槍に取った。最初、穂高という話もあったが、井上靖氏の『氷壁』が出て評判になったときでもあり、それを避けた」と前述の文章に記している。松本清張は「岳人には悪人はいない」という「性善説」に基づく格言を信じられず、登山ブームに沸く美しい北アルプスの山々で露わになる「人間の悪意」に着目した。

本作はベテランの登山家であれば、意図的に遭難を仕掛けることが可能だろうかという問いに貫かれている。この小説によると槍ケ岳の近辺では牛首山と布引岳の形が似ていて、悪天候の時に道を間違えやすいという。また山登りは必要以上に休憩をとると足の調子が狂い、疲労が蓄積するらしい。このような登山に関する意外性のある知識が本作の現実感を高めている。

過去の遭難事故を参考にした「模倣トリック」の織り込み方もうまく、五万分の一の地図を用いた「地図の切れ目トリック」も時代を感じさせて面白い。現代ではスマートフォンでＧｏｏｇｌｅマップなどが使えるため「地図の切れ目」は存在しないが、情報がスマートフォンに集約されているため「電波の切れ目」や「電池の切れ目」は存在する。温暖化の影響で「極端な気象現象」も増加しているため、「遭難事故をめぐるミステリ」は、現代日本においても現実的なものだと言えるだろう。何れにしても「いやいや、そりゃ仕方がないですよ。遭難の時は、妙に悪条件が重なるものです」という登場人物の言葉が、北アルプスの山中にまがまがしく響く。

「推理小説は普通の小説と違って、前段に数々の伏線を張りめぐらさなければならない。それでなければ終局の効果が薄いからである」(4)と清張は記している。本作は「偽装遭難」を引き起こした動機と方法について、探偵役として山のことをよく知る登山家を登場させ、「数々の伏線」を回収しながら明らかにしていく内容だと要約できる。地図の切れ目の他には、気象台が一週間前に出す長期予報、混雑が予想される三等寝台車など、様々な道具立てが用いられ、スリリングな物語がひもとかれている。

登山家の槇田二郎と、Ｓ大山岳部のＯＢで支店長代理の江田昌利の対決が後半の読み所となる。小さな雪崩を引き起こして、相手をクレバスに沈める場面など、松本清張作品らしい残酷な描写も光る。「江田昌利は、この壁を夏に何度も登っていて、およそ、どの辺にクレバスがあるかを知っていた。この割れ目は深さ十メートルくらいある。人間が落ちこんだら這い出ることができない。夏には、雪渓が切れたところが滝になっているが、いまはその割れ目の上を雪がおおっている」(5)という知識の有無が、二人の命運を分けてしまう。雪山登山の恐ろしさを実感させる作品だ。

衛生兵として従軍した経験のある松本清張は、ちょっとした情報の有無が人間の生死を分けることを、肌感覚として理解していたのだと思う。本作の構成について清張は次のように振り返っている。「犯人を心理的な誘導によって敗北させるという方法しかなかった。最近の新聞によると、遭難の状況によってはリーダーが過失致死罪として起訴せられるように報道されているが、もっともな処置と思う」(6)と。

このような山岳地帯を舞台にした清張のミステリ小説は、現代小説で言えば、綾辻行人(ゆきと)の『霧越邸(きりごえてい)殺人事件』を想起させる。本作と同様に「閉じた場所」を舞台にしたクローズド・サークルの系譜に連なる作品で、閉鎖的な場所だからこそ生じる濃密な人間ドラマが描かれる。米国北部の山荘を舞台にしたエラリー・クイーンの『シャム双生児の謎』や、清張と同様に列車を描くことを好んだアガサ・クリスティの『オリエント急行殺人事件』が、同ジャンルの代表作として知られている。後に清張はクイーンの初来日時に対談し、香港を一緒に散策しているが、彼は海外の著名なミステリ作家に強い対抗心を持っていた。

「遭難」は登山ブームを流行として取り入れつつ、「閉じた場所」で起きる人間の生々しい悪意を描いた「山岳小説」である。

(1) 『「黒い画集」を終わって」『松本清張全集4　黒い画集』文藝春秋、1972年、480頁
(2) 同右　482頁
(3) 同右
(4) 同右　481頁
(5) 「遭難」『松本清張全集4　黒い画集』文藝春秋、1972年、65頁
(6) 『「黒い画集」を終わって」『松本清張全集4　黒い画集』文藝春秋、1972年、482頁

⑱

小説帝銀事件

初出 1959年／**主な舞台** 東京都豊島区 旧帝国銀行椎名町支店

「社会派」小説の原型
世論を変える影響力

1948（昭和23）年に連合国軍総司令部（GHQ）占領下の日本で起きた帝銀事件を題材にした小説である。ベストセラーとなった『日本の黒い霧』の前年に書かれた本作は、松本清張のノンフィクション小説の原型となった。

この事件は、東京都豊島区の帝国銀行椎名町支店で都の衛生課員を名乗る人物が、湯飲み茶わんに赤痢の薬と称して青酸カリを入れて16人の銀行員らに飲ませ、12人を殺害したことで知られる。行員たちが苦しんでいる間に、現金と小切手で約18万円、消費者物価指数に換算すると、2022年の金額で約191万円[(1)]が盗まれており、金額の少なさに比して死者数が多く、残酷な事件だったと言える。

本作によると犯人の男は「この薬は進駐軍直接の薬で非常に強いが、一度飲んで置けば、今日入った赤痢菌などはすぐに死んで了うくらいよくきくやつだから、進駐軍が来る前に皆さんに飲んでおいてもらいたい」[(2)]と、東京都の「防疫消毒班」の腕章を着け、白昼堂々と声を掛けてきたという。手本として最初に自分が薬を飲み、「この薬はよく効く薬だが、強くて、歯の琺瑯質をいためるから、歯にさわらないようにして、こう飲め」と指示した点から、毒物の取り扱いに慣れた軍関係者の関与が疑われた。

かつて日本の軍隊では、青酸性の毒ガスへの防御方法が研究されており、青酸カリを飲んでも、事前に写真現像用のハイポ（チオ硫酸ナトリウム）を飲んでおけば死なない、といった知識が共有されていたらしい。

犯人として逮捕された画家の平沢貞通は、無名の人物ではなく、画家としてそれなりに有名な人物だったため、この事件は大きく報道された。本文中の言葉を借りれば、「探偵小説にも滅多に出遇わさぬ意外性のある犯人」であったという。

彼はいったんは犯行について自白をしたが公判で否認し、1955年に最高裁で死刑が確定した後も無実を主張し続けて95歳まで生きた。本作によると、平沢は精神鑑定書でも「すぐばれる嘘を平気でつく。企みでなく、衝動的な嘘であって、大てい利益は眼中になく、無邪気な嘘である」と診断されていたという。

この小説は、その後に『日本の黒い霧』がベストセラーになったことも手伝って、平沢が無罪だとする世論形成に大きな影響を与えた。

「これらの薬は、大陸での謀略部隊、特務機関で使われたが、中でも有力な謀略部隊は、満州のハルビンにあった石井中将の率いる七三一部隊であった。〈中略〉この謀略部隊のほかに、謀略を教育するスパイ学校が東京の中野にあった。通常、中野学校と言われるもので、中野の電信隊の中に秘密に設けられてあった。ここでは、放火、破壊、毒殺、細菌、秘密通信法、変装法など、スパイ活動に必要なあらゆる技術が教えこまれていたのである。したがって、これら謀略関係の連中ならば、素人を欺(だま)して毒薬を飲ませたり、年齢を十年ぐらい変えて見せたり、顔にシミや傷痕を作ったりすることは、わけのないことだったのである」[(3)]と。毒物の扱いに慣れていた七三一部隊や陸軍中野学校の関係者を真犯人だと示唆する本作の内容が、帝銀事件をめぐる捜査本部内の対立を白日の下にさらしたのだ。この事件にはGHQの関与も疑われていた。

本作の冒頭でGHQの参謀第二部（G2）の情報将校・ジャック・キャノンを想起させる架空の人物・アンダースンについて、元警視庁幹部という設定の岡瀬隆吉は次のように述べている。「当時は米兵の犯罪が多うござんしてね、こっち側がMPに連絡しても、すぐにはやって来ないで、かえって逃がすようにするんです。敗戦の悲哀をしみじみ感じましたよ。口惜しくてね、何とかしようと一生懸命になっても、どうやら向こうの旗色が悪くなるとアンダースンが腰にピストルを下げて出てくる」[(4)]と。松本清張は、西部劇の悪玉の登場シーンのようにアンダースンの傲慢な態度を活写することで、本作の説得力を高めた。

「占領当時の犯罪捜査には非常に苦心しました。米軍関係は、部隊がすぐ移駐するので証拠保全が困難だし、米側の捜査官に熱意がない。熱意が無いどころか、アンダースンのように妨害して、こっちを苛めにかかってくる者もいるわけです。アンダースンという奴は悪い奴でした。保安関係なら、どんなことにも顔を出して横車を押す。帝銀事件のときでも、警視庁にやって来て…」[(5)]。このように元警視庁の幹部が「帝銀事件」について口を滑らせる場面を冒頭に描くことで、清張はキャノンを想起させる人物が帝銀事件に関与していたことをほのめかし、「戦後日本の闇」と向き合ったのである。

物的証拠が少なく、自白が犯人を特定する上で重視されたのも、帝銀事件が「未解決事件」とされる大きな要因である。帝銀事件の捜査で、日本の犯罪史上初めてモンタージュ写真が使われたが、人相を基にした犯人特定は怪しく、毒殺を免(まぬが)れた行員たちの証言もあやふやだった。逮捕された平沢は狂犬病の予防接種の副作用で、コルサコフ症候群にかかっていたため、彼の自白は病気による虚言だったのではないかとも言われる。この病気は長期的な記憶障がいを主な症状とする認知症の一つで、平沢の自白を有力な証拠とすることには無理があった。

このような複雑な背景を持つ「未解決事件」に切り込んでいく作風は、現代の作家で言えば、松本清張賞でデビューし、直木賞候補作『インビジブル』を記した坂上泉を想起させる。『インビジブル』は実在した「大阪市警視庁」を舞台に、政治家の笹川良一や、阿片(あへん)王の異名をとった里見甫(はじめ)などを連想させる人物を描きながら「戦後日本の闇」に迫った内容である。『小説帝銀事件』に感じられるノンフィクション作家としての清張のみずみずしい筆致は、現代の若手作家にも確実に受け継がれている。

(1) 日本銀行HP〈https://www.boj.or.jp/about/education/oshiete/history/j12.htm〉より「消費者が購入する際の財およびサービスの価格」を参照した。2022年が102・7で1948年が9・7であるため、約10・59倍の金額差がある。

(2) 松本清張『小説帝銀事件』角川文庫、角川書店、1961年、29－30頁

(3) 同右 70－71頁

(4) 同右 11頁

(5) 同右 14頁

⑲

波の塔

初出 1959年／**主な舞台** 山梨県南都留郡富士河口湖町 青木ケ原樹海

時間の重みを共有する 大人の黒い恋愛小説

この小説が書籍として刊行された年、51歳を迎える松本清張は『日本の黒い霧』などの大ヒット作に恵まれ、１９６０年度の所得額で作家部門の1位となる。61年には東京都杉並区上高井戸に約６００坪の自宅を新築し、82歳で亡くなるまでこの地に居を構える。本作『波の塔』で主人公の小野木と人妻の頼子が密会する東京・調布市の深大寺はこの家から近く、この小説を深大寺のそば屋「門前」で記したという逸話も残っている。高井戸の新居は井の頭線沿いの広大な三角地にあり、「線路沿いに住んで集中して小説が書けるのか？」という疑問を吹き飛ばすかのように、清張は数多くのヒット作をこの家から送り出していく。線路沿いの三角の土地の庭に胸を張って立つ清張の写真は、電車の騒音をものともしない作家の「図太さ」を雄弁に物語っている。

『波の塔』は結婚とは何か、夫婦とは何かについて考えさせる作品である。清張の長編としては珍しく、人が殺される場面のない作品で、「女性自身」に連載された小説らしく、自由恋愛に殉じていく「精神的に自立した女性」を描く。訳ありの過去を持つ美女が一人で富士の樹海に入り、自死を遂げるラストは、真犯人の女性が日本海に舟を出し、「黒い点」となって沈んでいく『ゼロの焦点』を彷彿とさせる。『ゼロの焦点』は日本海に臨む能登半島の断崖を舞台にした作品として有名だが、『波の塔』は富士五湖の一つである西湖の近くの「青木ケ原樹海」を物語の舞台にしている。

『ゼロの焦点』の「山版」と言えるのが『波の塔』で、本作は「自殺の名所」として青木ケ原の名を世に知らしめた。当時としては珍しいカラーの映画版は、1960年に有馬稲子と津川雅彦の出演で公開され、この小説を枕にして青木ケ原で自殺する女性も出るほど強い影響を当時の社会に与えた。

松本清張は、本作の影響力について「私の発想法」で次のように述べている。「青木ケ原の中に入って自殺される方が非常に多くなりました。その前から自殺はあって、私が書いたから多くなったわけではありませんが、映画やテレビになったので余計に流行になりました。林の中に入る道はいろいろございますけれども、私が『波の塔』で書いたのは、ユースホステルの横の小道なんです。自殺する方はやはりそれをテキストにして、ユースホステルの横からお入りになる。富士吉田署が管轄(かんかつ)でありますが、年間に白骨死体を数百体収容しなければならない。地元消防署の一年間の予算は、白骨遺体収容で全部使い果たされるというぐらいに、一種の盛況を呈(てい)しております。／中には、白骨が花嫁のドレスをまとって横たわっていたということもあります。つまり、この世で添い遂げられないために、あの世で結婚式を挙げようということかもわかりません。遺体の身元は全然わからない」[1]と。青木ケ原は溶岩の上にできた林ということもあって、木々が均一に見えるため道に迷いやすく、またコンパスで方位を把握することが難しいため、遭難自殺に限らず、事故も起こりやすい場所らしい。

ただ映画版で有馬稲子が演じる頼子が、津川雅彦演じる小野木との不倫関係に「けじめ」をつけるべく「ユースホステルの横の小道」を通って自殺に至る場面は、任侠映画のような雰囲気で、観る者に甘美な旅情を残す。清張原作の『波の塔』が、「訳ありの恋」に悩む人々の死地として「青木ケ原」を全国で知られる「名所」にしたことは間違いないだろう。後に「グッド・ウィル・ハンティング 旅立ち」などを手がけたガス・バン・サント監督が、渡辺謙やナオミ・ワッツの出演で青木ケ原を舞台にした「追憶の森」（2015年公開）を撮り、青木ケ原の知名度を国際的にも高めた。

本作の構成はシンプルで、東京地検に勤める新米検事の小野木と、情報ブローカーの結城庸雄の妻・頼子の不倫関係を軸にした内容である。小野木は地方の古代遺跡を歩いて回るのが趣味の純朴な青年として描かれている。これとは対照的に、「官界や政界のいろいろな情報を基にして、それを、あちこちに売りこむ」ことを生業とする情報ブローカー・結城は怪しげな人物として描かれ、高度経済成長の裏側をあぶり出す役目を担う。

小説の全体を通して頼子の美貌と謎めいた過去が、登場人物たちを翻弄し、読者の感情移入を誘う。結城が関わったR省の汚職事件が発覚したことで、検事の小野木は頼子の夫・結城と対峙することになり、物語は意外な結末を迎える。汚職事件はR省の局長・田沢と、小野木に恋心を抱くその娘・輪香子など、登場人物たちのその後の人生を狂わせるもので、この作品は清張作品の中でも劇的な小説と言える。

「どこにも出られない道って、あるのよ、小野木さん……」と小説の序盤で頼子が口にするセリフが、読後の印象に強く残る。青木ケ原の樹海を暗示する「どこにも出られない道」という表現が、戦中・戦後の困難な時代に生まれ育った小野木と頼子の「暗い青春」を象徴的に物語り、2人が共有する「時間の重み」を感じさせる。清張は美しい女性が意識的・無意識的に、男性を振り回す物語を描くことが多いが、本作で描かれる頼子は、情に流されるのではなく、自分が引き起こした事件を冷静に検証し、「自立した女性」として他人に迷惑を掛けず、任侠（にんきょう）映画の主人公のように孤独に「落とし前」をつけていく。

全集の月報によると、清張が中年女性を描くのがうまく、若い女性を描くのが苦手なのは、彼が若い頃、貧しさのため同年代の女性と恋愛できず、「生活に余裕が出て来たころには若い女性とおつき合いできる年齢じゃなくなっていた」[(2)]ためらしい。

夫に嫌気が差した頼子が若い小野木との生活を理想化して不倫に浸っていく描写は、現代小説で言えば、江國香織の代表作『神様のボート』を想起させる。「あの人」を理想化し、信仰に近い愛情を抱く「私」の日常の描写が、謎に満ちた「私」の過去を少しずつひもといていく物語展開は本作に類似している。『波の塔』は、成熟した大人たちの恋愛と、その「時間の重み」を感じさせる松本清張らしい「黒い恋愛小説」である。

(1) 新潮文庫編『文豪ナビ　松本清張』新潮文庫、2022年、97頁
(2) 「松本清張全集第十二巻月報　黒の回廊12」『松本清張全集12　連環・彩霧』文藝春秋、1972年、月報（7）頁

⑳

歪(ゆが)んだ複写

初出 1959年／主な舞台 東京都武蔵野市 武蔵境

税務署員の贈賄(ぞうわい)を暴(あば)く 記者たちの粘り強さ

日中戦争が勃発した1937年、朝日新聞社は大陸の動向を知るための「前線基地」として小倉市（現・北九州市）に九州支社の新社屋を建設した。松本清張が外注扱いで広告の版下を描く画工として、朝日新聞社で働き始めたのはこの年である。新聞社は大卒者採用が多かったが、新婚だった清張は家族を支えるべく、高等小学校卒の履歴書を面識のない支社長に送り、仕事を得たのだ。後に九州支社は、日本の大陸進出に伴って重要性が増したこともあり、西部本社として規模を拡張することになる[1]。

朝日新聞社時代の松本清張を知る岡本健資は「あのころの松本清張」で、入社時の清張について次のように記している。

「彼の発想のユニークさに加えて、とった行動も奇抜だった。いきなり、新聞に名の出ていた支社長宛に、直接、履歴書と手紙を送って求職申込みをしたのだ。／そして数日後には、専属契約に成功し、十四年嘱託(しょくたく)、十七年には正式社員に昇格しているのである。戦争中の男不足という理由が加わったかもしれないが、こんな入社の仕方をした男は、東西の朝日新聞社員の中でも、おそらく彼一人ではないだろうか」[2]と。

松本清張は新婚間もない時期だったこともあり、朝日新聞社が小倉に九州支社を新設することを「人生を好転させるチャンス」だと考えた。彼は広告の版下を描く人間が必要とされることを予想して、「巻紙に毛筆」で支社長宛に手紙を書き、見事に職を得たのだ。
清張の妻・直子の回想によると、清張は「前へ前へと手を伸ばす」性格で、「才能と努力もあったんでしょうが、運のある人」だったという[3]。『半生の記』など清張の文章を通してみると、苦労に苦労を重ねたように思える人生が、妻・直子から見ると「才能と努力」以上に「運」に彩られたものであったという点が面白い。 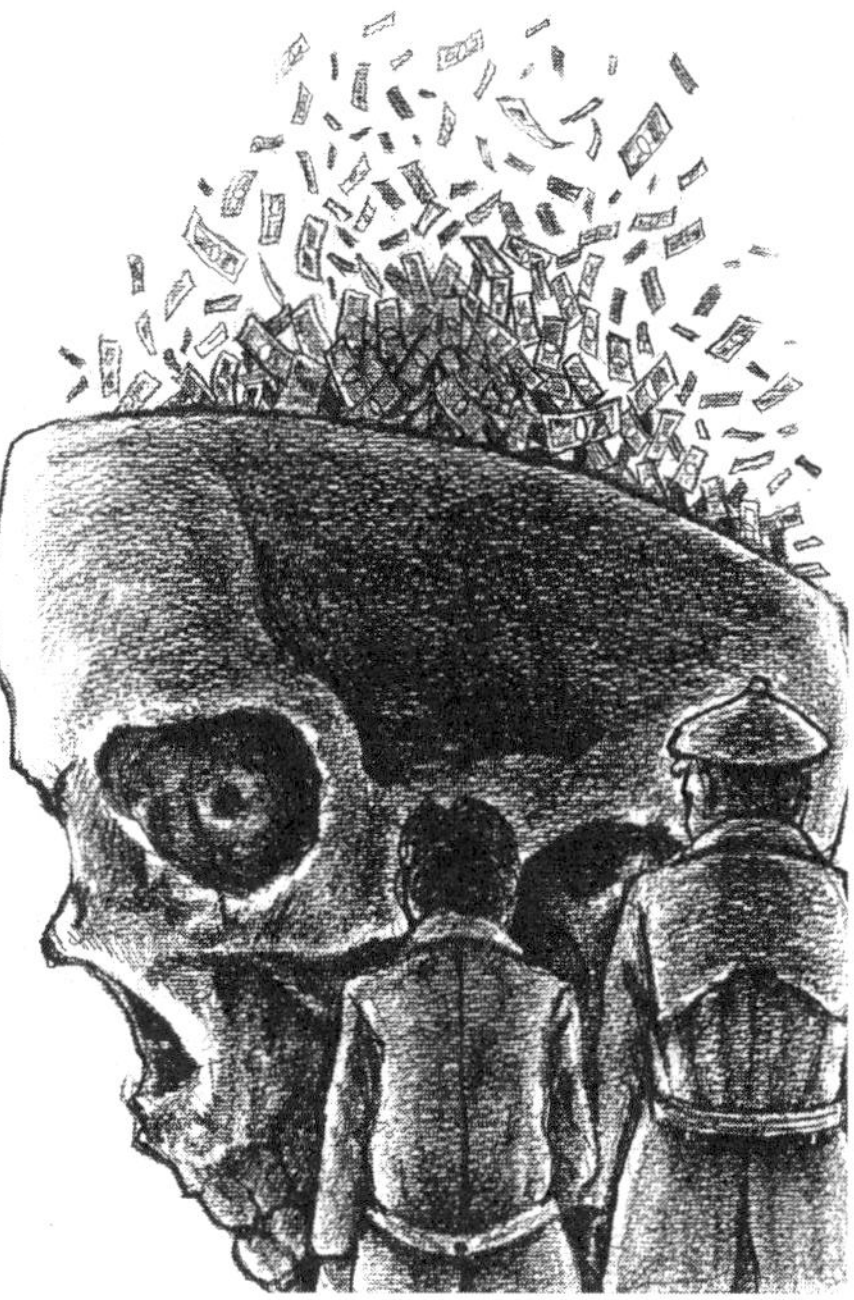
清張は作家としては珍しく、亡くなるまで製図台の上で原稿を書いたが、先の岡本健資によると、この執筆スタイルは広告の版下を描いていた頃に身に着けたものだという。「特に私が『おや』と思ったのは、その製図台上の彼の万年筆の握り方であった。／普通よりも筆軸の上部を軽く握り、ペン先を滑るように走らせる書き方は、彼独特のもので、それは四十年前、正確には小倉の朝日新聞西部本社広告部の職場で、そこだけがスタンドの灯で異常に熱っぽい製図台上に画用紙を拡げ、小筆の中央あたりを軽く握って、下唇を突き出しながら図案意匠を描いていたあの頃の格好と、まったく同じなのである」[4]と。「下唇を突き出しながら」という表現が実に面白く、清張が新聞社で培(つちか)った「素養」をもとに小説家として飛躍したことが良く分かる一節である。製図台で原稿を記す「職人」のような清張の姿はかっこいい。

本作「歪んだ複写」は朝日新聞に20年間勤めた清張らしく、警察や探偵ではなく、新聞記者が殺人事件の謎を解明していく推理小説である。この作品が「小説新潮」に連載されていた１９６０年に、所得額で作家部門1位になった清張の「納税者としての怒り」が伝わってくる内容である。

「納税者の弱点につけ入って、昔の岡っ引みたいに、タダ食い、タダ呑みするばかりか、業者に女をねだり、高価な物品を買わせ、札束をうけ取っては己れの懐を肥えさせて恥じない、税務官吏の悪辣なやり方が憎いのだ」(5)など、本文中で展開される税務署批判は手厳しい。事実として当時、一部の税務署員は、金品を贈与されたり、接待を受ける見返りに、税金を減額したり、納税期日を遅らせたり、差し押さえの物件の便宜を図るなど、様々な汚職に手を染めていたという。

本作は税務署員の悪行を「社会派ミステリ」として暴いた内容で、清張らしく同時代の社会の腐敗を告発した「問題作」と言える。過去に「恨み」を抱いた相手を順番に小説内で批判し、鬱憤を晴らしていくのが、清張の執筆スタイルである。

本作は清張が当時住んでいた上石神井に近い、７３３年創建の深大寺を中心に、広義の「武蔵野」を作品の舞台としている。この時代の清張作品は、東京の人口が増加し、開発の波が押し寄せて来た中央線沿線の住宅地を舞台にしたものが多く、高度経済成長で拡張する東京の郊外を小説の背景に描いている。税務署の悪徳官吏が関わった事件の数々は、高度経済成長の暗部と言える「スキャンダル」で、これらの事件に探偵役の新聞記者たちが力を結集して迫っていく展開は、ハードボイルド小説のようである。広告版下の画工ではなく、地道な取材を重ね、真実を突き止める記者に憧れていた清張らしい作品と言える。

大蔵省で将来の出世を約束された税務署長（通称・学士）と、叩(たた)き上げの経歴で、高給を得るには汚職に手を染めるより他ない税務署員（通称・兵隊）の双方の「堕落(だらく)」が描かれている点も、様々な「格差」を題材としてきた清張作品らしい。かつて清張を芥川賞に推した坂口安吾は、代表作の「堕落論」で「堕落の平凡さ」について論じたが、本作の官吏たちの「堕落」も日常の延長で手を染める「平凡なもの」として描かれている。「堕落」が平凡であるがゆえに、彼らはそれを「権利」であるかのように考え、その「権利」を脅かすものを、犯罪に手を染めてでも排除するのである。

新聞記者が税務署の職員の収賄(しゅうわい)事件を暴く本作の筆致は、現代小説で言えば、元新聞記者の主人公が、人気ゲームを開発した女性の失踪(しっそう)事件を解明していく塩田武士の『朱色の化身』を想起させる。塩田は元神戸新聞社の記者で、グリコ・森永事件を題材とした『罪の声』などの社会派小説で知られ、松本清張と同様にノンフィクションのような筆致で「生乾(なまがわ)きの事件」を描くことを得意とする。

『歪んだ複写』は、清張が新聞社で身近に接した記者たちの「粘り強さ」を通して、庶民の金銭をピンハネする悪徳税吏(ぜいり)への「怒り」を体感させる社会派サスペンスである。

(1) 「証言―朝日新聞社時代の松本清張図録」北九州市立松本清張記念館、２００２年、２頁
(2) 「あのころの松本清張」『松本清張生誕１１０年記念　清張地獄八景』文藝春秋、２０１９年、１７２頁
(3) 「昭和・平成にっぽんの夫婦　松本清張『俺は命の恩人だぞ』と妻に言っていた」『松本清張生誕１１０年記念　清張地獄八景』文藝春秋、２０１９年、１７２頁
(4) 同右　１６８頁
(5) 「歪んだ模写」『松本清張全集11　歪んだ模写・不安な演奏』文藝春秋、１９７２年、２３２頁

㉑

霧の旗

初出 1959年／**主な舞台** 福岡県北九州市 魚町銀天街（1977年の映画版のロケ地）

兄思いか、逆恨みか
怨念に満ちた復讐劇

松本清張作品には、負けん気が強く、男性を執念深く追いかける「個性的な女性」が数多く登場する。周囲の男たちを振り回し、血なまぐさい事件に巻き込むこともいとわない女性も少なくなく、読後に恐怖を覚える。

本作は「婦人公論」に連載された小説らしく、ポジティブな意味では「自立した女性」を、ネガティブな意味では兄の恨みを晴らす「執念深い女性」を描いた作品である。地方出身の女性の視点を通して、金の有無で裁判の有利・不利が決まる司法制度に疑問を投げかけた「社会派小説」とも言える。

本作は20歳のタイピスト・柳田桐子が、高利貸の高齢女性を殺害した容疑で逮捕・起訴された兄を救うために、刑事事件の専門家として著名な弁護士・大塚欽三を訪ねる場面から始まる。金貸しの高齢女性を殺害した若者を描いたドストエフスキーの『罪と罰』を想起させる出だしだが、この小説では兄の仇を討つために、貧しいながらもさまざまな手段を講じる妹が主人公である。

彼女は冤罪の兄を救うべく北九州のK市から20時間をかけて上京してきたが、大塚に規定の弁護費用を払うことができず、結果として兄を助け出すことに失敗してしまう。大塚はそれなりに桐子の相談に乗ったが、桐子にとって大塚は「情」ではなく「金」で動く「都会の人間の代表」として憎悪の対象になってしまう。

現代の心理学の知見を踏まえれば、桐子は兄・正夫を失ったことに強いショックを受け、太宰治が抱えていた（とされる）「パーソナリティ障がい」のような

症状を発症していると考えることができる[1]。これは統合失調症と神経症の間に位置付けられる精神疾患で、理想化した相手に拒絶されると「強い不安」や「被害妄想」を抱き、攻撃的な感情を抱くといった特徴を持つ。このような心的傾向は、本作の桐子の内面描写に当てはまる。

常識的に考えて、数多くの裁判を抱えて多忙な大塚が桐子に特別な感情を抱き、安い弁護料で北九州に出張し、兄の正夫を助けることは「ファンタジー」に近い。しかし本作で桐子は、兄にぬれぎぬを着せた真犯人を捜索することよりも、兄の弁護を拒絶した大塚に対して怒りを抱くようになり、彼に色仕掛けで復讐することに力を注ぐようになる。

「バーで逢う桐子は、ニコニコして愛想がよかった。もう、その世界の空気を彼女は確実に身につけていた。適度に甘え、適度に弁護士の肩へしなだれかかるのだった」。桐子の色気を帯びた言動は、都会慣れするに連れてエスカレートして、徐々に大塚を追い詰めていく。「『先生が好き』／この言葉と一緒に、彼女の手は大塚の白髪のふえた髪の毛を掴み、首を蒲団の上に固定させて、彼の唇や、鼻や、眼や、頬など、あらゆる部分を強烈に舐めまわした。咬みつくような唇の吸い方だった。歯を立てて、男の皮膚が破れそうなくらいである」(2)と。

松本清張は両義的な感情を持て余す女性を描くのがうまく、精神面で不安定な女性の内面を通して、巧みに読者を恐怖に陥れていく。１９６５年の映画版は、若き倍賞千恵子が主演で、橋本忍が脚本を書き、山田洋次が監督を務めた。

本作では主人公・桐子の内面だけではなく、熊本や小倉を想起させるK市で、桐子の兄・正夫が高利貸の高齢女性と関わる「事件のきっかけ」もリアルに描かれている。両親を亡くし、苦学して小学校教員となった生真面目な正夫は、学童から集めた修学旅行積立金3万8千円を紛失したことに強い責任を感じ、周囲に黙って高利貸に手を出してしまう。不器用な彼は、借金があだとなって誤認逮捕され、刑事の誘導尋問に引っかかり、殺害を「自供」して死刑判決を受けてしまう。

苦境に陥った兄を助けるべく奔走し、なりふり構わず復讐を果たそうとする桐子の姿は、太宰治の『走れメロス』を想起させる。羊飼いのメロスは、粗暴な王・ディオニスの暗殺を企てて捕らえられるが、妹の結婚式に出席するために、親友・セリヌンティウスを身代わりにして、故郷の村と都会の間を疾走する。本作で言えば、ディオニスは弁護士の大塚であり、メロスは桐子であり、妹と親友を足した存在が兄の正夫である。戦後の多難な時期を協力し合いながら生きてきた兄妹の絆は、メロスとセリヌンティウスのように深く、物語の要所で感動を誘う。

最愛の兄のために「怨念」を抱いて奔走する女性の描写は、現代小説で言えば、綿矢りさの『勝手にふるえてろ』を想起させる。綿矢は、思い込みが激しく、社会から逸脱した極端な感情を持て余している女性を描くのがうまい。この作品は「両義的な恋愛感情」を題材としたユーモラスな内容で、主人公のヨシカは「思い込みが激しく、こいつと決めたらしつこく追いかけまわすタイプ」で「ストーカー一歩手前の自己陶酔が激しいタイプ」だと説明されている[3]。

松本清張の『霧の旗』では、綿矢りさの作品など現代文学に通じる新鮮な「女性像」が、「メンタルヘルスの問題」という、現代的な社会問題と関連付けられて表象されている。1950年代後半の作品とは思えないほど桐子の造形は新鮮なもので、「行動的な女性」について新しい価値観が示されている。上京した女性の「感情の訛り」に関する描写も、大都市と地方の生活者の「価値観の格差」を浮き彫りにしたもので、再評価に値するだろう。

本作の桐子の造形は、松本清張の過去の作品で言えば、美貌（びぼう）を持ちながら両極端な感情を持て余し、周囲を巻き込んで「事件」を起こす「菊枕」の「ぬい」（杉田久女をモデル）を原型としていると私は考える。

一般に「好き」の反対の感情は「嫌い」ではなく、無関心だと言われるが、本作でも桐子の「両義的な感情」の表現が読み所となる。『霧の旗』は、清張が若い女性の際どい内面に迫り、谷崎潤一郎のように「他者としての女性」を描いた、ユニークな復讐小説である。

(1) 田中誉樹「境界性人格障害の心理的理解と支援についての質的研究―作家　太宰治を事例とした解釈学的現象学の立場から―」京都ノートルダム女子大学研究紀要、2014年、39－47頁
(2) 「霧の旗」『松本清張全集19　霧の旗・砂漠の塩・火と汐』文藝春秋、1971年、161頁
(3) 綿矢りさ『勝手にふるえてろ』文藝春秋、2010年、35頁

㉒

天城越え

初出 1959年／主な舞台 静岡県河津町 天城山隧道

ブラック清張の名作
川端の代表作に対抗

天城越えとは、伊豆半島の中央を南北に縦断する「下田街道」を通り、三島と下田の間にある難所「天城峠」を越える旅路である。伊豆が温泉地であることから、そこには甘美な旅情が宿る。1905年に日本初の石造道路トンネル「天城山隧道」が開通し、1927年刊行の川端康成の「伊豆の踊子」で取り上げられ、知名度を高めた。

川端の「伊豆の踊子」は伊豆旅行を象徴する作品として繰り返し映画化され、松本清張の「天城越え」は1983年に渡瀬恒彦、田中裕子、樹木希林の出演で映画化された。天城山隧道は現在、日本に現存する最長の石造トンネルとして、国の重要文化財に指定され、中伊豆観光のハイライトに挙げられる。

「天城越え」は、清張が川端の名作に対抗心を燃やし、スリリングな推理小説に仕上げた初期の名短編の一つである。実際に起きた殺人事件を参考にした小説で[1]、主人公の「私」が「三十数年昔」に初めて経験した「天城越え」を回顧する内容である。家出の旅路と性的な経験を重ね合わせた、甘く、不穏な物語だと解釈できる。

本作の主人公は「伊豆の踊子」のように、将来を約束された20歳の旧制第一高等学校の学生ではなく、清張の作品らしく、生活が苦しく、家業に嫌気が差した16歳の鍛冶屋の息子である。下田の鍛冶屋から家出して、天城山隧道を通り抜けたが、「他国」のような風景を前にして心細くなり、引き返す道すがら

「事件」に遭遇した「私」の心情が描かれる。芥川龍之介の「トロッコ」のような青春小説とも言える。「伊豆の踊子」の「私」が下田街道の途中で旅芸人一座の踊子に惹かれたように、本作の「私」も派手な着物をまとう「娼婦ふう」の女に惹かれ、心細い道行きを共にする。川端が子供のように純真な少女を描いたのに対して、清張が粗暴な性格の女を描いている点に、社会の下層を生きる人々を知る清張らしい「対抗心」が垣間見える。

「私」が知り合った女は、下田へ行く道中で「土工ふうの男」と性的な関係を持ち、金を稼ぐが、その男が死体となって発見されることで、川端の「伊豆の踊子」のような純文学の雰囲気を持つ小説は、犯罪小説へと変化していく。この事件の捜査に関わった田島刑事が、三十数年後に「私」を訪ねて来ることで、作品が急展開していく筋書きは、ドストエフスキーの『罪と罰』で予審判事が「心理的証拠」を用いて主人公を追い詰めていく場面を想起させる。

思春期の少年が家出して性的な関心を抱き、天城山隧道を行き来しながら「通過儀礼」を経験して大人になる物語は、青春小説の王道に連なる内容と言える。「自分の女が土工に奪われたような気になったのだ」「いまから思えば、大男の流しの土工に、他国の恐ろしさを象徴して感じていたのであった」という回想に深みがあり、川端の「伊豆の踊子」の瑞々(みずみず)しさとは正反対のどろどろした読後感に「ブラック清張らしさ」を感じる。踊り子の少女に純粋さを見いだす川端の筆致とは異なって、世間ずれした女に、過去に目撃した母親の不貞(ふてい)を見いだしている点が本作の「暗い魅力」と言える。

　思春期の松本清張の「暗い内面」を物語る一節として『半生の記』に次のような記載がある。「倉田百三(ひゃくぞう)の『出家とその弟子』が今でいうベストセラーになっていた。ある晩、市内のある寺で、その朗読会があるというので行ってみた。暗い本堂で、五、六人の若い男女がセリフの読み合いをしていたが、そういう雰囲気が私にはひどく高尚に思われた。とても私などが参加するようなグループではない。小学校卒、会社の給仕(きゅうじ)という、自分ながら最下層にいる者にはとてもよりつけないと考えていた」(2)と。14歳で川北電気の給仕となった清張が「小学校卒、会社の給仕」の立場で迎えた「青春」に引け目を感じていたことを物語る一節である。

　1923年の関東大震災後から昭和恐慌にかけて、給仕や見習いの印刷画工として働いた10代から20代の青春時代は、清張にとって辛いものだったが、文学が日々の気休めになっていたという。「その頃の私はかなり前途に望みを失った気持だった。勤めている会社は不況に喘(あえ)ぎ、無謀な社債発行によって窮境(きゅうきょう)を抜けきろうとしていた。〈中略〉それは少し先のことになるが、このように文学書ばかり読む給仕を会社の人が便利と思うはずはない。やがて第一回の整理でほかの社員と共に私はお払箱(はらいばこ)になった。／だが、今から考えると、十六から十八までの一ばん感覚の新鮮な時代、暇を見つけては雑読したことが、今日ではかなり役に立っているように思う」[3]と。

その後、清張は八幡製鉄所の職工の人たちの文学サークルに入るが、文学仲間が非合法で出版されたプロレタリア文学雑誌「戦旗」を持っていたために、特高にマークされ、拘置所で拷問を受けてしまう。また見習い画工に転職した後も、印刷所の倒産で解雇されるなど、昭和恐慌の厳しさを社会の下層で体感することになる。

ただ清張の言葉を借りれば「最下層にいる者」として生きてきた実感が、本作「天城越え」の回想部分の表現に力を与え、「残酷な青春」の渦中にいるという、諦念と紙一重の「醒めた意識」をもたらしたのだと思う。松本清張は、戦前に味わった辛苦を、戦後に作家として「糧」にしたのだ。

このような清張の筆致は、『海炭市叙景』や『そこのみにて光輝く』などの作品で、地方に住む若者たちの「青春の影」を描いた佐藤泰志を想起させる。芥川賞など大きな文学賞に恵まれず、バブル経済のただ中に妻子を残して41歳で自殺した佐藤の筆致は、41歳でデビューし、鬱屈した内面を描くことが多かった初期の松本清張に似ている。

「天城越え」は少年時代に「峠」を越えることができず、社会の下層を生きてきた若者たちの「暗い青春」を描いた、清張にしか書き得ない、純文学色の強い「犯罪小説」である。

(1) 中河督裕「松本清張「天城越え」の生成 ――『刑事警察参考資料』第四輯「天城峠に於ける土工殺し事件」から――」「京都語文　16号」、佛教大学国語国文学会、２００９年、２２９-２３６頁
(2) 「半生の記」『松本清張全集34　半生の記・ハノイで見たこと』文藝春秋、１９７４年、21頁
(3) 同右

㉓

黒い福音

初出 1959年／**主な舞台** 東京都杉並区 善福寺川（本作では玄伯寺川）

未解決事件への怒り 戦後史の「悪」を凝縮

１９５９年に東京都杉並区で英国海外航空（現・ブリティッシュ・エアウェイズ）の日本人客室乗務員が遺体で発見された「未解決事件」を題材としたミステリである。被害者の女性は司法解剖の結果、他殺と判明し、交際相手だったとされるカトリック系のサレジオ会（ドンボスコ修道院）のベルギー人神父が容疑者と目された。

当時の日本で「スチュワーデス」は女性の憧れの仕事であり、敗戦による「欧米人へのコンプレックス」が容疑者への怒りに転嫁（てんか）しやすい時代だったため、事件は注目を集めた。

本作は「架空の教会の物語」として描かれたフィクションである。ただ捜査や新聞報道が進展する中で、容疑者と目された神父が「持病の悪化」を理由に国外逃亡し、迷宮入りした点など現実と重なる部分が多い。迫害の歴史を乗り越えてきたカトリック教会の苦労と、資金源に関する「闇」が見え隠れする事件を通して、戦後日本の暗部に迫った、松本清張の代表作の一つと言える。

１９８４年に放送された大映テレビ・ＴＢＳ製作のドラマ版も物語の密度が濃く、見応えがある。外国人のキャストや江原ヤス子役の五月みどりの演技に味わいがあり、宇津井健と三浦友和の二人の刑事役の安定感のある演技も魅力的だ。

本作が描く「スチュワーデス殺害事件」は、政治的な圧力をかけて殺人事件

をもみ消そうとした「大教会の治外法権」を浮き彫りにし、高度経済成長期を生きる人々に「終わったはずの戦後」を改めて思い出させる内容だと要約できる。この小説に登場する「バジリオ宗派」は、戦後に救援物資として日本に送られてきた砂糖の闇取引で資金を蓄え、戦後日本の政財界に影響力を有してきたとされる。現実にスチュワーデス殺害事件が発生した時には、成瀬巳喜男の「めし」などの脚本家として知られる田中澄江や、後に『沈黙』を発表してカトリックの作家として広く知られることになる遠藤周作などの著名人がサレジオ会を擁護し、神父の無罪を主張していた。

このような当時の状況を横に置き、本作と向き合うと、この小説は事件に関係したとされる外国人神父たちの描写だけではなく、教会に献身的に奉仕する一般の日本人信者の描写にも奥行きが感じられ、信仰の意味について考えさせる。たとえば戦時中に軟禁された恋人の神父・ビリエ師を助けるために、信者の一人・江原ヤス子が命懸けで食べ物を届けに行く場面が、読後の印象に強く残る。

「江原ヤス子は『われ天上のパンを取り、主の聖名を呼び奉らん』と誦え、『われ往きて彼を癒さん』との主の御声を自分の心としたに違いない。／江原ヤス子は献身的な決心をした。彼女は、東京から混み合う列車に乗って野尻湖の近くに行き、付近の農家を拝み倒して、鶏や卵を買いあさった。彼女は鶏を焼き、卵を茹でた。／それからの彼女の奉仕の行為は驚異的であった。自分のつくった食物をビリエ師や、ほかの神父たちに届けるために、夜、ひそかに野尻湖を泳ぎ渡ったのである。／この新しい敵国人の収容所は、湖畔にバラックを作り、周囲に柵が設けてあった。絶えず、警備員が巡邏している。〈中略〉野尻湖は、周囲十四キロ、夏の表面水温は二十三度である。折りしも、春の終わりから夏の初めにかけてであった。江原ヤス子は、冷たい水を渡って、収容所に食料を抱いて泳ぎ渡った」(1)。

このような命を懸けて教会に身を尽くす江原ヤス子の描写に、日本で弾圧に抗ってきたカトリック信仰の根強さと、ベルギー人神父が関与したとされる「スチュワーデス殺害事件」を組織的に隠ぺいする「信者たちの結束力」の強さが感じられる。

松本清張全集の月報(2)によると、本作執筆にあたり清張は、担当編集者を「砂糖の闇売買で教団と関係した」とされる「××組の親分氏」の取材に向かわせ「裏取り」をしたらしい。高度経済成長期を代表する「未解決事件」と対峙するにあたり、清張は担当編集者を「東映ヤクザ映画風の雰囲気」の中に送り込み、闇取引について生々しい情報を収集することで小説世界の足場を固めたのだ。その上で神父を犯人であると考え、教会が手を染めてきたとされる「砂糖の闇取引」などの悪事に切り込んだのである。時代と格闘する「社会派の作家」らしい取材エピソードである。

清張が記した「『スチュワーデス殺し』論」の言葉を借りれば、「黒い福音」は「非常に神聖な、侵すべからざる戒律をもつ宗教」のイメージを覆すことを試みた野心的な作品だった(3)。架空の設定とはいえ、敗戦で困窮していた日本に送られてきた救援物資を、カトリック教会が闇市場に横流しして利益を上げ、航空会社の従業員を利用して麻薬の密輸に手を染めていたという内容は実に挑発的である。

「何から何まで教会側に先手を打たれているのだ。ナメられたのは、日本の捜査当局だけではない。日本の新聞が、いや、日本の全国民がこの外国宗教団体から完全にしてやられたのであった」[4]という終盤の一節に、清張がこの事件に抱いた強い怒りが感じられる。「スチュワーデス殺し事件に敗衄[5]した記録は、表の面では未来永劫に消え去らないのだ」という感情的な一節で、この小説は締めくくられている。

59年に書かれた本作の筆致は、現代小説で言えば、新興宗教の教祖の「念」によって「指一本触れず」信者が道場の窓から転落死したとされる事件などを描く、東野圭吾の『虚像の道化師　ガリレオ7』を想起させる。本作で「外国宗教団体」の権力と癒着した「虚像」をあぶり出す清張の筆致は、現代日本を代表するミステリ作家の人気シリーズと比べてもスリリングである。

闇物資の売買や麻薬の密輸、スチュワーデス殺人事件など、さまざまな「悪」を戦後史の中で凝縮して描いた本作は、高度経済成長期を代表する「ジャーナリスティックな社会派ミステリ」と言える。

(1) 「黒い福音」『松本清張全集　13　黒い福音・他』文藝春秋、1972年、19頁
(2) 「松本清張全集第十三巻月報　黒の回廊11」『松本清張全集13　黒い福音・他』文藝春秋、1972年、月報7頁
(3) 「『スチュワーデス殺し』論」『松本清張全集　13　黒い福音・他』文藝春秋、1972年、459頁
(4) 「黒い福音」『松本清張全集　13　黒い福音・他』文藝春秋、1972年、319頁
(5) 敗衄とは、戦いに敗れることを意味する。

2 1960年代

㉔

日本の黒い霧　下山国鉄総裁謀殺論

初出 1960年／主な舞台 東京都足立区 西綾瀬

未解決事件を題材に GHQ内の対立を描く

松本清張の代表作として広く知られる「日本の黒い霧」は、1960（昭和35）年1月から12月にかけて月刊誌「文藝春秋」に連載された「ノンフィクション風のミステリ小説」である。この年は新安保条約が強行採決され、反対派の大規模なデモが起こり、岸信介(のぶすけ)内閣を総辞職に追い込んだ社会党委員長の浅沼稲次郎(いねじろう)が日比谷公会堂で刺殺されるなど、様々な事件が起きた。このような時代を背景として、本作は戦後日本で起きた複雑怪奇な未解決事件の真相に迫り、「GHQ（連合国軍総司令部）」の暗部を浮き彫りにしている。

現代から見てもこの作品は、未解決事件を通してGHQの内部抗争を描いた点が新鮮である。特に日本の反共化を重視するG2（参謀第二部）と、民主化を重視するGS（民政局）の対立が、日本の戦後史に与えた影響について生々しく描いている。本作によると捜査を担当した警視庁の内部でも対立があったという。

『下山事件白書』なるものは警視庁が公式に発表したものではない。〈中略〉この『下山事件白書』なるものは捜査一課の線でまとめたものであって、捜査二課の意見は入れられていない。当時から捜査一課は自殺の線で行き、捜査二課は他殺の線で対立していた」[1]と記されている。捜査一課は強殺事件を主として担当しており、捜査二課は主として知能犯を担当していた。この小説によると「下山事件は類例の無い知能的謀殺(ぼうさつ)であり、一課の平凡な殺しの経験では結

論がつかない」というのが捜査二課の主張であった。

池田勇人内閣が「所得倍増計画」を打ち出した時代に、戦後日本でタブーとされてきた「GHQの闇」に切り込んだ点に、清張らしい反骨精神が感じられる。本作は1960年という戦後日本の分岐点と言える年を象徴する作品となり、官庁や警察発表を基にした新聞報道とは一線を画す「文春ジャーナリズム」を確立した。

現代から見ると史実と異なる点もあるが、ミステリ小説として読むと、GHQと警視庁という巨大な権力の内部抗争に切り込み、持論を展開した凄みのある作品である。松本清張が様々なジャンルで代表作を世に出しながら、褒章を一つも貰えなかった理由がよく分かる論争的な作品とも言える。本作を含む清張の「ノンフィクション風のミステリ小説」については、「予め日本の黒い霧について意見があり、それに基いて事実を組み合わせる」[2]「一億全部松本のようにひがんでしまったら、革命とまでは行かなくても、日本中釜ケ崎である」[3]と大岡昇平が批判したが、ジャーナリズムにおいては、権力と対峙し、弱い立場の人々に寄り添うことに価値があり、「褒章を貰っていないこと」が栄誉と言える。

１９４９年７月に発生した初代国鉄総裁・下山定則の不可解な死は、ＧＨＱの統治下で起きた代表的な「未解決事件」である。本作によると、国鉄職員は戦前に20万人ほどだったが、戦時中から増加し、公共企業体となった49年の時点で60万人ほどに膨れ上がっていたという。国鉄は労働組合の激しい抵抗がある中で、人員整理に着手し、同年に国鉄三大ミステリ事件と言われる下山事件（７月６日）、三鷹事件（同15日）、松川事件（８月17日）が起きてしまう。

当時、下山は人員整理を催促するＧＨＱの交通部門のシャグノン中佐と、ストライキも辞さない国鉄労組の間で板挟みになっており、ＧＨＱと組合員の双方から命を狙われる厳しい立場にあったらしい。結果として下山はＧＨＱの高官と会う直前に、日本橋の三越で失踪し、翌日に足立区五反野の常磐線の線路上で轢死体として発見されることになる。清張の解釈によると、下山はＧＨＱお仕着せの人員整理案に反対しており、穏便に経営再建をはかる独自案を練っていたという。

本作で清張は、警視庁捜査一課が導き出した下山の「自殺説」に真っ向から反論している。下山を轢断した列車の直前に進駐軍用列車が現場を通過していた点や、下山の衣服に付いた「色の粉や油」の成分が米軍の修理・補給工場のものと類似している点に着目し、捜査二課が唱えていた「他殺説」を、本作で創作的に展開していく。「もし下山事件を推理小説に考えるならば、これほどスケールの大きなトリックはないのである」と述べている通り、清張はこの事件の背後に、ＧＨＱのＧ２傘下のＣＩＣ（対敵諜報部）が、対ソ戦を見据えて国鉄の組合活動を弱体化させる意図があったと考えた。

この小説の最後で、松本清張は下山総裁に深く同情し、次のように結論付けている。「下山が殺されたのは、このように日本の『行き過ぎの進歩勢力』を後退させるための謀略であったが、この衝撃的な事件の主人公に下山がわざわざ選ばれたのは、国鉄総裁としての彼が、あくまでも独自の立場で、ＧＨＱまたはシャグノン案に抵抗したからであろう。下山は、国鉄整理問題をあくまでも行政問題、または経済問題と解釈していたところに彼の錯誤があり、オールマイティを信じているシャグノンや、その背後の巨大な一派を激怒させているとは、少しも知らなかったのである。その迂闊さに下山総裁の悲劇があった」(4)と。

清張の解釈は横に置くとしても、下山事件は、史実としてＧＨＱのＧＳが先導してきた日本の民主化と非軍事化の流れを転換した「逆コース」の代表的な事例となった。この事件をきっかけに、国鉄の人員削減はスムーズに進み、関与を疑われた日本共産党や労働組合の勢いは挫かれた。

このような戦後日本の歴史の暗部に切り込む清張の筆致は、現代の書き手でいうと、『下山事件（シモヤマ・ケース）』を記し、「Ａ」「Ａ２」「放送禁止歌」などのドキュメンタリー作品で日本のマスコミの自主規制のあり方を批判してきた森達也を想起させる。『日本の黒い霧』は、ノンフィクション作家の立場にとどまらず、日本のメディアの自主規制にあらがい、戦後日本の権力の中枢である「ＧＨＱの闇」に果敢に切り込んだ、日本のジャーナリズム史に燦然と輝く「問題作」である。

(1) 「下山国鉄総裁謀殺論」『日本の黒い霧　上』文春文庫、文藝春秋、２００４年、23頁
(2) 大岡昇平『常識的文学論』講談社文芸文庫、講談社、２０１０年、２１４頁
(3) 同右　２１７頁
(4) 「下山国鉄総裁謀殺論」『日本の黒い霧　上』文春文庫、文藝春秋、２００４年、１０６頁

㉕

日本の黒い霧　追放とレッド・パージ

初出 1960年／主な舞台 東京都千代田区 第一生命館

ＧＨＱの暗部に迫る 小説と評論の中間物

松本清張の文章の幅の広さを体感させる「ノンフィクション風のミステリ小説」である。「なぜ『日本の黒い霧』を書いたか」によると、本作に対して「固有の意味の文学でもなければ単なる報告や評論でもない、何かその中間物めいた〝ヌエ的〟なしろもの」[1]という批判があったらしい。しかし小説と評論の「中間物」である点こそ本作の魅力であり、清張ジャーナリズムの真骨頂であろう。

「一九六〇年の自分の仕事としては悔いはなかったように考える」と清張は『日本の黒い霧』について振り返っている。本作はベストセラーになったことで様々な作家や研究者たちに嫉妬され、多方面で論争を引き起こした。「松本は反米的な意図でこれを書いたのではないか」「何でもかでも米軍の謀略にする」という批判がその代表的なものである。しかし現代から振り返れば、この作品はその論争的な性格も含め、ＧＨＱ（連合国軍総司令部）統治時代の「タブー」や「謎」に切り込んだ日本のジャーナリズム史に残る傑作であった。

本作を記した「動機」について清張は次のように記している。「私はこのシリーズを書くのに、最初から反米的な意識で試みたのでは少しもない。また、当初から『占領軍の謀略』というコンパスを用いて、すべての事件を分割したのでもない。そういう印象になったのは、それぞれの事件を追及してみて、帰納的にそういう結果になったにすぎないのである。／まず『小説・帝銀事件』を書くことを思い立った動機からいうと、以前に『日本の黒い霧』を書き終わったときのことにさかのぼる。私はこの事件を調査しているうちにその背景がGHQのある部門に関連していることに行きついた」(2)と。

日本は1945（昭和20）年の敗戦から51（同26）年のサンフランシスコ講和条約の調印まで、実質的に主権を失い、GHQの支配を受け、本作で取り上げられている下山事件や松川事件などの「未解決事件」を経験してきた。一連の未解決事件は、日本の民主主義化・非軍事化の行き過ぎを是正し、日本政府の様々な政策を、極東における共産主義の防波堤とする方向に誘導することに成功した。

本作で描かれる「レッド・パージ（赤狩り）」によってそれは完成され、50年6月から始まる朝鮮戦争の準備が整ったというのが清張の見立てである。

『日本の黒い霧』で一貫して清張が指摘しているのは、GHQは下山事件からレッド・パージまで一枚岩ではなく、将来のソ連との戦いを見据えて、ニューディーラーが多かったGS（民政局）と保守勢力と協調していたG2（参謀第二部）の対立を内に抱えていたという史実だ。

敗戦後、日本では「パージ（追放）」は2

度行われた。1度目は、敗戦直後から軍部の台頭と超国家主義の復活を防ぐために、戦犯や翼賛体制に寄与した政治家や財界人などを対象とした。

ただ清張の調査によると、当初、ＧＨＱは誰を追放したらいいかよく分からず、手始めに日本政府に対し、財界・メディアに籍を置く「超国家主義指導者」の名簿作成を要求したという。本文の記載によると、敗戦後、ドイツでは約30万人のナチス党員が追放されたらしいが、日本では該当者の選定に時間がかかり、48年5月の時点で19万人強にとどまっていた。

追放者の3親等までが公職に就くことが禁止され、密告や投書によって追放の可否が決まり、ＧＨＱへの懇願や裏取引によって追放を免れたというから、当時の混乱が推測できる。

2度目の「パージ」は50年の朝鮮戦争に前後して、いわゆる「赤狩り」として行われた。注目すべきは、1度目の保守勢力の追放が解除され、敗戦後に追放されていた元特高警察官も、諜報活動を担うＧ2に雇用され、「赤狩り」に加担した事実である。つまり戦前から共産主義者の調査に豊富な経験を持つ特高が、ＧＨＱの下で対ソ戦のために再組織化されたのだ。

労働組合も下山事件や松川事件への関与が疑われ、厳しい調査を受け、該当者はＧＨＱの絶対命令として、即座に職場から退去することを要請されたという。

「追放者は些細な理由で指定された。『アカハタ』を購読していたというのはまだいいほうである。マルクスの『資本論』を持っていたというのでマークされた人間もいた。弟が同調者というので兄の課長が会社から馘首になったのもあった。職場大会で上役の悪口を云ったというので追放された人間もいた。このような追放が全部、『占領軍指示』という『憲法に先行する』絶対性の前に抵抗が出来なかったのである」(3)

と。

朝鮮戦争の勃発と同じタイミングで起きた日本のレッド・パージの内実を生々しく物語る一節である。

この「レッド・パージ」は、GHQ、特に日本の反共化を重視する参謀第二部・G2が日本の民主主義の行き過ぎを是正し、日本を「極東の対共産圏の防波堤」とする一連の占領政策の延長にあった。「これらの『謀略』が行われたのは、決してアメリカ本国政府や国防総省の意図ではなかった。それは在日GHQ機関であったと思う。このことは日本政府や軍部の意志を『無視』して旧満州地区や華北地区に謀略を行なった関東軍の立場とよく似ている」[4]と清張は気鋭のジャーナリストのような文体で論じている。

彼はレッド・パージ（2度目の追放劇）に、戦直後の混乱を生き延びた庶民の立場から憤っていたのである。「占領当初の被追放者は、現在では完全に蘇生し、政界、財界、官界、あらゆる所で安楽に活動をつづけている」と。

このような清張の筆致は、左右の政治的立場にとらわれず『アメリカの影』などの著作を記した加藤典洋の評論を想起させる。本作は、生活者の視点から、レッド・パージによって締め出された人々に左右のイデオロギーを超えて寄り添った、松本清張にしか書き得ない「社会批評」である。

(1) 「なぜ『日本の黒い霧』を書いたか」『松本清張全集30　日本の黒い霧』文藝春秋、1972年、418頁
(2) 同右
(3) 「追放とレッド・パージ」『日本の黒い霧　下』文春文庫、文藝春秋、2004年、308頁
(4) 「なぜ『日本の黒い霧』を書いたか」『松本清張全集30　日本の黒い霧』文藝春秋、1972年、422頁

㉖

球形の荒野

初出 1960年／主な舞台 奈良県奈良市 唐招提寺

中立国での終戦工作
独自性の高い戦争小説

山地や森林、砂漠や湖沼など、地球には人間にとって居住できない土地が多く、私たちは限られた「可住地」に根を生やし、ささやかな生を全うしている。しかも限られた場所に、私たちがそのまま居住できるとは限らない。そこでは絶えず戦争や紛争、殺人や窃盗、飢餓や貧困などが生じ、可住地を追われてしまうことも珍しくない。『球形の荒野』という表題は、このような人間にとって身もふたもない事実を想起させる。

本作は、第2次世界大戦末期のヨーロッパでの「日本の終戦工作」を題材としたミステリである。自らの存在を消し去り、日本が破滅する前に終戦工作に関与したとされる伝説の外交官・野上顕一郎が、敗戦から16年後に「亡霊」として日本に戻って来るという風変わりな筋書きだ。

「僕の横たわっているベッドには、窓からおだやかな陽が差し込んでいる。おそらく、このような平和な陽射しは、君たちの身辺にはないだろう。防空壕に隠れ、米機の襲来におののいて逃げまわっていることだろう。／君も、久美子という足手纏いがあって、行動にも何かと不自由なことだと思う。しかし、頑張ってほしい。ぼくの気持だけでも、君たち二人を守ってあげる。／早く、日本に平和が来るように、そして、久美子が無事に成長するように祈っている」(1)と、野上が日本に宛てて記した手紙に込めた「命を賭した願い」が読後の印象に強く残る。従軍した経験を持つ松本清張が記した新しいスタイルの「戦争文

学」と言えるだろう。

北宋の書を手本にしていた「死んだ野上の筆跡」が、奈良の唐招提寺や飛鳥寺（安居院）の芳名帳から見つかるところから、物語は始まる。観音崎を舞台にしたラストシーンが鮮烈で、生き別れになった父と娘の「戦前の記憶」をめぐるコミュニケーションが、涙を誘う。「野上顕一郎は自分でも低声で歌いながら、全身に娘の声を吸い取っていた。／カラス、なぜなくの／カラスは山に／かわいい七ツの子があるからよ」[(2)]と野上が歌う場面に、松本清張が朝鮮半島で従軍していた時に抱いた「子供たちへの思い」が感じられる。「夢のようだな。ぼくが日本を離れるときは、まだ幼稚園だった……小っちゃな鞄を肩に掛けてね。赤い兎の絵のついたやつだ。防空頭巾が鞄と一しょに下がっていた。モンペをはいてね。母親の孝子のお古を仕立てたやつさ」という何気ない会話が、高度経済成長期の日本に「忘れられた戦死者たちの記憶」をよみがえらせる。数ある清張作品の中で最も「時間の重さ」を体感させる重厚な作品である。

本作が下地にしているのは、スイスに駐在していた海軍武官・藤村義朗中佐が、後にＣＩＡ長官となるアレン・ダレスと終戦を模索した「ダレス工作」だと考えることができる(3)。「中立国」の大使館で、終戦工作を試みる海軍寄りの外交官と、本土決戦を辞さない陸軍の駐在武官の対立が生じる物語設定がリアルで、当時の国際貿易港・門司の近辺で育った松本清張らしい「国際感覚」が垣間見える。

史実としては、ダレス工作に限らず、駐日スウェーデン公使を介した「バッゲ工作」やソ連大使を介した「マリク工作」なども存在したが、いずれも日本を窮地から救う外交成果を上げることはなかった。『球形の荒野』は「生乾きの際どい史実」に着目し、戦前・戦後にまたがるスケールの大きな物語を展開した大作である。

「何とか、日本全体を、早く平和に戻さなければならない。ぼくが、こうしてベッドに眼を瞑っている間にも、その一瞬一瞬に、何百人、何千人の生命が失われているのだと思うと、空恐しい気がする」と作中で野上は述べている。作品の全体を通して終戦工作に挑んだ野上の「謎に満ちた病死の真相」があぶり出されていく内容だ。小説の大半は敗戦から16年後の日本を舞台にしているが、終戦工作に殉じた野上の「亡霊」が登場人物たちを予想外の「冒険」に導くため、ハードボイルド小説としても楽しめる。

京都の東山や奈良の古寺の描写も魅力的で、野上が味わった「故郷喪失」の感情の奥深さを巧みに読者に伝える。「今まで、戦時中の日本の外交官が、中立国でどのような外交をして来たかは、あまり書かれていません」「野上さんは、中立国に在って、複雑な欧州政局の下に、公使を補佐して、日本の戦時外交の推進に尽力、とありますが、具体的には、どういうことをなさったのでしょう」と野上を取材する若き新聞記者のセリフが、この小説の「戦争小説」としてのオリジナリティの高さを物語っている。「わたしという人物はここにいる。しかし、野上顕一郎はどこにもいないのだ。死んだことに間違いはない。日本政府のれっきとした公表だ」と述べる「複雑な戦争小説の主人公」が、他にいるだろうか。

本作は「天皇の身柄の安全（国体の護持）を条件とした終戦工作」を主題とした論争的な作品だと解釈することもできる。半藤一利の『日本のいちばん長い日』を想起させる内容で、半藤によるとライシャワーをはじめとする在米の日本研究者は、開戦当初から「終戦」は天皇を介して行うように大統領に助言していたという[4]。昭和天皇は、通訳を介して米国の短波放送でこの事実を知り、自身の身柄の安全が確保されることを前提とした「終戦」が、連合国側に受け入れられることを事前に理解していた[5]。

清張は日中戦争から敗戦に至る時代の物事について、ほとんど小説の題材にしていない。身近な友人や、懇意にしていた編集者にすら戦時中の経験について、全くと言っていいほど語らなかったらしい[6]。『球形の荒野』は「中立国での終戦工作」を正面から取り上げた、清張にとって数少ない「戦争小説」であり、清張作品の中では知名度こそ低いが、戦前の記憶を現代に伝える傑作である。戦後の日本文学史に明記されるべき、松本清張にしか書き得ない「反戦小説」と言える。

(1) 「球形の荒野」『松本清張全集6　球形の荒野・死の枝』文藝春秋、1971年、18頁
(2) 同右　299頁
(3) 「朝鮮の風景・衛生兵の日常―清張の軍隊生活　半藤一利・小森陽一」「松本清張研究　2016　第十七号」北九州市立松本清張記念館、2016年、25頁
(4) 同右　26頁
(5) 同右　25頁
(6) 同右　7－8頁

㉗

わるいやつら

初出 1960年／主な舞台 東京都中野区

悪漢（あっかん）医師の転落人生
特権階級の暗部を暴く

悪漢（あっかん）小説は、大航海時代に経済的・文化的に大きな繁栄を遂（と）げた16世紀のスペインにルーツを持つ。ケベートの『大悪党』や、ル・サージュの『悪魔アスモデ』などがその代表作である[1]。恵まれない出自の主人公が悪知恵を働かせて、時に人々を苛立（いらだ）たせながら、世の中を渡り歩く姿を、皮肉交じりに描く。身分や資産などの「格差」が生み出す「嫉妬（しっと）」や「怨嗟（えんさ）」の感情を通して、社会の底から「時代の影」を浮き彫りにする手法は、バルザックやディケンズ、ドストエフスキーなど、その後の大作家が記した名作に通じるものである。

松本清張の『わるいやつら』はさまざまな悪人が登場する「悪漢小説」であり、病院の院長という「特権階級」の暗部を描いた、「週刊新潮」の連載にふさわしいゴシップに彩（いろど）られた作品である。病院を舞台にした作品としては、1963年から「サンデー毎日」に連載された山崎豊子の『白い巨塔』よりも3年早く発表された。

本作は、金策に窮（きゅう）した性格の悪い医者・戸谷（とや）信一が、性格の悪い仲間たちを周囲に呼び込み、詐欺（さぎ）や殺人に手を染め、しっぺ返しを受ける物語である。「週刊新潮」に1960年1月から1年半ほど連載された作品で、同時期に『日本の黒い霧』が「文藝春秋」に連載されている。戦後史の闇を暴いた『日本の黒い霧』とは異なって、本作では病院の経営に行き詰まった戸谷が、愛人たちに金の無心を繰り返し、時に殺人に手を染める「堕落した姿」が描かれる。

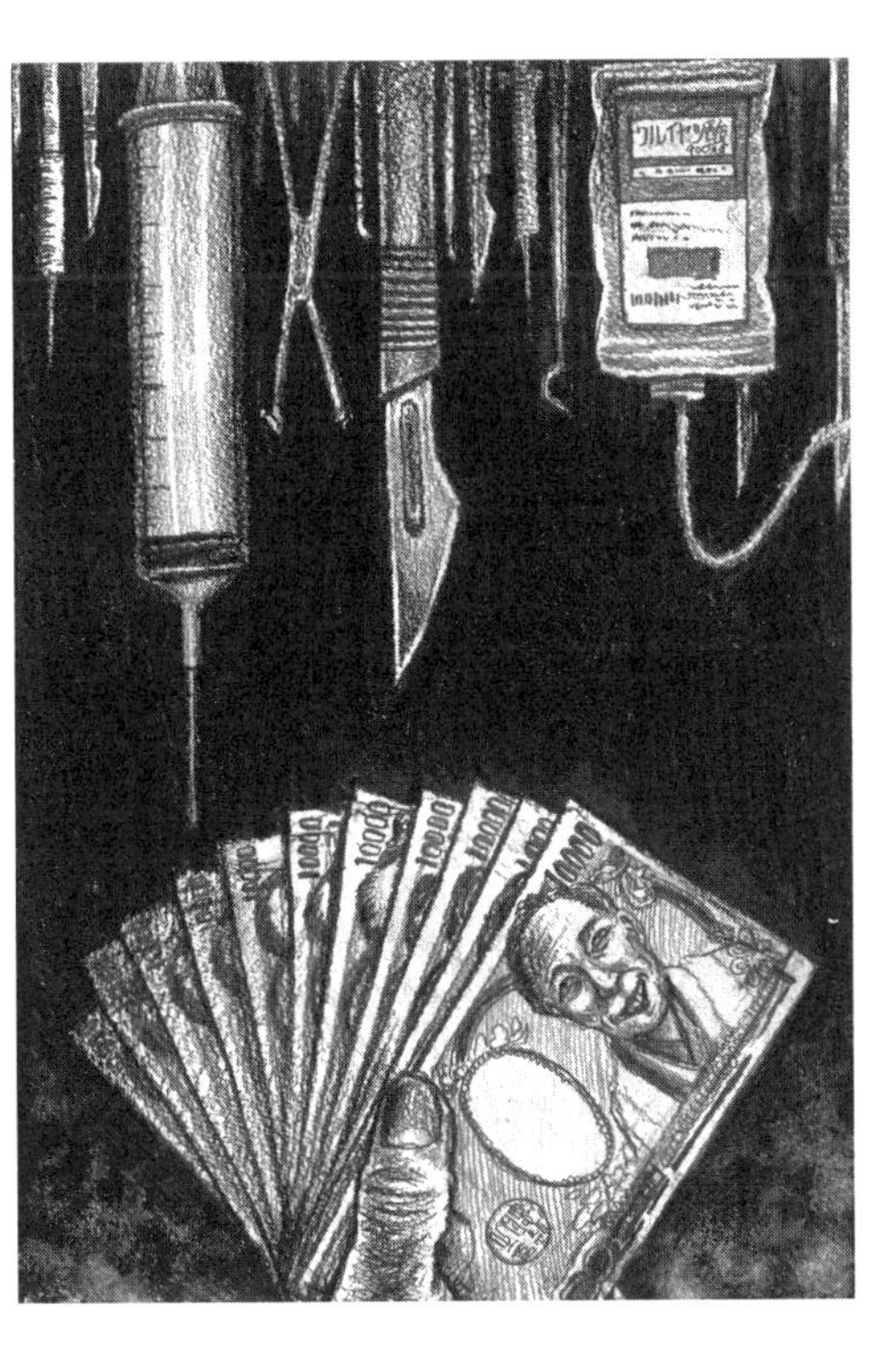

「近ごろ、また余計に寂れた、と戸谷信一は思った。三年前は、この病院も隆盛であった。父親の弟子だった優秀な内科の医長が辞めてから急に悪くなったのだ。一年前に、やはり腕のいい外科医長がやめてから、さらに患者が減った。そのままジリ貧で来ている。赤字が、月々ふえてゆく。／病院が閑散でも、経営が赤字でも、院長の戸谷信一はあまり苦にならなかった。赤字の方は、彼には補塡の才覚がある。病院は繁昌しなくてもいいと思っている。他の病院に対する競争意識は少しもない」(2)。この小説では、序盤から戸谷の病院が経営危機に瀕していることがほのめかされる。悪質な事件の数々が、患者が平穏に過ごせるはずの病院を舞台に、次々と起きるのが、本作の恐ろしい「読み所」である。

戸谷は、東京・中野の「一等便利なところ」に800坪の敷地を持つ医院の跡取りとして生まれながら、医者らしい仕事をせず、愛人とナイトクラブや待合に通い、偽物の骨董品を高値でつかまされ、資産をむしり取られていく。このような戸谷の姿に、松本清張の「良家の子弟」に対する恨みが感じられる。

「人間の危機は、長い人生コースの間に幾度か訪れる。その都度、何とか切り抜けてゆかれるものだった。その最中には、今にもわが身が破滅するような危険を感じるが、しかし、過ぎてしまって振り返って見ると、その危機感というのも大したことはなかったと思うのだ」という戸谷の余裕たっぷりの回想が、木っ端みじんに弾け飛んでいく展開が痛快である。週刊誌の連載小説にふさわしく、「フリ」があり「オチ」があり「ツッコミ」がある作品で、戸谷が周囲の人間たちに裏切られていく展開が生々しい。

特に戸谷が男女間のことについて「金言」を披露する時、脇の甘さを突かれるような事件が勃発するのが面白い。「女は、結婚の話をする前と、そのすぐあととでは、態度が変わってくる。あとの場合が、見違えるように真剣になるのである。それまで、男の甘い言葉はのらりくらりと聞き流す商売女でさえ、結婚というと、急に様子が違ってくることでも分かるのだ」(3)と。このような「結婚」において有利な立場にあるという戸谷の自己過信が、後に手痛い「しっぺ返し」を受ける伏線となる。

この当時、医者が死亡診断書を書けば、役所もすぐに埋葬許可証を出し、立会人が無くとも、死体は焼かれていたらしい。清張は「お医者さんを神様のように信頼している」世の中に本作で一石を投じ、性格の悪い医者が不正を犯す可能性を示すことに成功している。悪漢の戸谷ですら次のように述べている。「以前から気づいていたことだが、これほど、人間の死について杜撰な手続はなかった。医者に対して信頼しているからといえば体裁はいいが、何といういい加減なやり方であろう」(4)と。死亡診断の杜撰さについては、清張が衛生兵として従軍した時の経験を重ねながら記したのだと思う。

ただ本作は、悪漢の医者・戸谷による悪事が様々描かれる一方で、彼に隙が多い点が魅力的で、全体を通してユーモラスな作品と言える。主人公が金づるの愛人を追って、群馬の伊香保温泉、栃木の鬼怒川温泉、青森の浅虫温泉へ汽車で旅をする場面に、清張作品らしい「旅情」が感じられる。

経験的に考えても、性格の悪い人間と距離を置くことが、平穏な人生を送り、仕事に注力する上で不可欠である。ただ「性格の良し悪し」は、関係を結ぶ相手によって異なり、短期間の関わりで判別することは難しい。また世の中にはコミュニケーション上の障がいで、止む無く、相手に「性格が悪い」と誤解を与えてしまう人もいるだろう。清張作品の登場人物の描写は、現代の精神医学を先取りした内容が多く、多様性に富む。

本作で描かれる「悪漢」の奥行きのある描写は、直木賞受賞作『テスカトリポカ』で臓器移植ビジネスの暗部を描いた、佐藤究の筆致を想起させる。同作に登場する臓器移植のスペシャリストで、日本を追われた闇医者・末永の描写は、本作の戸谷の姿と重なって見える。

私たちは限られた時間の中で、日々「わるいやつら」とすれ違いながら、限られた人間関係を構築しているのだと思う。どんなに善良そうに見える人でも、金や地位や情愛が絡めば、「わるいやつら」へと変貌してしまうことがある。「悪漢小説」はこのような「人間存在の常識」を伝える「伝統的なメディア」として高い価値を有している。

(1) ケベート・ルサージュ・フィールディング著、桑名一博・中川信・袖山栄真訳『世界文学全集6』集英社、1979年
(2) 「わるいやつら」『松本清張全集14　わるいやつら』文藝春秋、1971年、5頁
(3) 同右　88頁
(4) 同右　136頁

㉘

砂の器

初出 1960年／**主な舞台** 島根県仁多郡奥出雲町 亀嵩

感情の「訛り」をすくい泥くさい実存に迫る

『砂の器』は松本清張の人間観や社会観が総合的に展開された長編小説である。京浜工業地帯を代表する歓楽街・蒲田の「トリスバー」を起点とした高度経済成長期を象徴する作品でもある。サントリーが「庶民のウイスキー」として販売した「トリス」を安価で提供するバーは、この時期に「サラリーマンの社交場」として都市部で人気を集めた。上京した労働者たちが、感情の訛りを内に抱えながら、一日の疲れを取り除くべく「トリス」をあおり、日本の経済成長を支えたのだ。

この小説は全国各地の風土や訛りを題材にすることの多い清張らしい長編で、清張の親族のルーツに近い「出雲の奥地」[1]で東北弁が話されていることが重要なトリックとなる点に、意外性がある。方言が飛び地で分布することが「大きなトリック」として作品の骨格を成し、島根県の亀嵩（奥出雲町）や、秋田県の羽後亀田（由利本荘市）など幅広い土地を舞台に、連続殺人事件の謎がひもとかれていく。

「出雲の音韻が東北方言のものに類似していることは古来有名である。たとえば『ハ』行唇音の存在すること、『イエ』『シス』『チツ』の音の曖昧なること、『クゥ』音の存在すること、『シエ』音の優勢なることなどを数えることができる。ために学者間には、この両地方の音韻現象の類似を説明せんとして種々な仮説も主張されている。たとえば日本海沿岸一帯がもと同一な音韻状態を保持していたところに、京都の方言が進出して、これを中断したと見るごときもその一説である」(2)。本作で方言の分布に着目し、大掛かりなミステリを展開した清張の筆力が光る。

出雲で越後や東北地方と同じような「ズーズー弁」が使われる理由として、㈠ズーズー弁は日本の古代音であるという説と、㈡地形並びに天候気象によるという説の二つが紹介されている。方言のトリックによって広い地域が作品の舞台となり、日本列島で経済成長の恩恵が行き渡る都市部と、時代に取り残された農村部の対照的な描写が、作品の輪郭を際立たせていく。

さまざまな登場人物たちが物語を牽引する点も本作の魅力と言える。ハンセン病を患った父親と引き離され、育児放棄された状態で放浪生活を送った子どもや、新しい時代の文化人＝ヌーボー・グループの一員として注目を集める恋人のために殺人幇助を行い、証拠隠滅に加担する女性など、現代に通じる「現実感」を有した登場人物たちの造形が味わい深い。

本作の映画版については、全国ハンセン氏病患者協議会から、患者の描写について問題提起がなされた。ただ松本清張の原作では、ハンセン病の患者に関する描写は少ない。犯人が自分の過去を知る警官を殺害した動機も、父親がハンセン病に罹っていたことを隠すためではなく、空襲で焼失した他人の戸籍を自分のものにして「経歴を詐称してきたことを隠蔽するため」だと説明している。つまり本作で清張は差別的な表現をしているわけではない。

ただ映画版では、戦前の描写としてハンセン病の親子が差別を受け、石を投げつけられる場面が描かれており、映画の最後に次の字幕が挿入され、バランスが取られている。「ハンセン氏病は、医学の進歩により特効薬もあり、現在では完全に回復し、社会復帰が続いている。それを拒むものは、まだまだ根強く残っている非科学的な偏見と差別のみであり、戦前に発病した本浦千代吉のような患者は日本中どこにもいない」[3]と。映画版は日本に留まらず、中国でも大ヒットし、観客動員数が1億4千万人に達したと言われ[4]、清張自身も自分の原作映画の中で「砂の器」が「ナンバーワン」であると公言していく。

松本清張の『砂の器』は、北条民雄の『いのちの初夜』のように、ハンセン病の診断を受けた作家が自らの実存を賭けて記した作品ではないが、映画版も含めて、ハンセン病患者に対する差別が行われてきた事実を、広く知らしめることに貢献した作品である。推理小説として巧みな描写も多く、たとえば殺人を犯し、返り血を浴びた恋人の木綿シャツを、紙吹雪のように細かく刻み、中央線の窓から飛ばして捨てる場面など、視覚的な表現に面白みがある。

石原慎太郎や大江健三郎、永六輔や寺山修司などがメンバーとなった「若い日本の会」をほうふつとさせる「ヌーボー・グループ」が重要な役割を果たすのも60年代初頭に刊行された小説らしい。このグループで殺人事件に深く関わるのが、小説家ではなく、江藤淳を想起させる評論家の関川重雄や、武満徹を想起させる前衛音楽家の和賀英良である点に、清張の「好み」が感じられる。

従軍経験があり、46歳で専業作家となった清張は、敗戦後に戦中世代に反する価値観を掲げ、20代で注目を集めた若い文化人たちに強い嫉妬を抱いていた。「いずれも良家の子弟なのである。そのいずれもが揃って大学教育を受け、不自由のない生活を過ごしてきている」という本作の一節に、高等小学校卒で、40代に至って名を成した清張の「矜持」が感じられる。

この小説のように全国各地を舞台に、様々な出自を持つ「容疑者」たちの人生を描いた作品として、現代小説では、吉田修一の『怒り』が思い浮かぶ。吉田は、地縁や血縁の「しがらみ」の中で、人々が怒りや怨嗟の感情を抱き、些細なきっかけで一線を越えて、人生の選択肢を狭めていく姿を描くことが多い。長崎の酒屋に生まれ、工業都市で労働者と身近に接しながら育った吉田修一は、清張と同様に「経済成長の影」を歩んできた人々の「感情の訛り」をすくい上げるのがうまい。

『砂の器』は清張が「国民作家」としての地歩を固め、叩き上げの巡査部長・今西栄太郎の地をはうような捜査を通して、華やかな時代を生きる「泥くさい人間の実存」に迫った、一世一代の大ヒット作である。

(1) 「砂の器」『松本清張全集5　砂の器』文藝春秋、1971年、161頁
(2) 同右　141頁
(3) 映画版「砂の器」、監督／野村芳太郎、脚本／橋本忍・山田洋次、配給／松竹、1974年
(4) 「清張映画の真髄　伝説の脚本家が語る現場秘話」「オール読物」文藝春秋、2016年6月号、167頁

㉙

影の車

初出 1961年／**主な舞台** 神奈川県横浜市青葉区 藤が丘(映画版のロケ地)

時代の変化に戸惑い「人間の業」を強く肯定

松本清張は戦争を挟んで変化した人々の「生活に根差した心情」を描くのがうまい作家である。食うや食わずの時代を生き延びた自身の経験を踏まえ、犯人を含む登場人物たちが経験してきた人生の大きな変化を、背後から抱擁するように肯定してみせる。

たとえば、名作として知られる『ゼロの焦点』は、立川で米兵相手に売春を行っていた佐知子が、幸福な人生を手にした代償としてさまざまな殺人事件に関わり、自ら死を選ぶ物語である。清張は彼女の人生を「悲劇」として描くのではなく、佐知子が戦中・戦後の混乱期を懸命に生き、輝く生を全うしたことを、日本海に「黒い点」となって沈んでいく鮮烈な情景の中で肯定してみせる。殺人事件や権力者の闇に迫る「インパクトの強い物語」に隠れて見えにくいが、清張は「人間の業を肯定すること」において「戦後日本」を代表する作家だと私は考える。

『影の車』は61年に「婦人公論」に連載され、戦前・戦後に大きな価値観の変化を経験し、「高度経済成長期」を戸惑いながら生きる人々の「感情の訛り」をあぶり出した短編集だ。

「潜在光景」に登場する小磯泰子は、「日本が破滅的な戦争」に足を踏み入れた20年前は、主人公の「私」にとって憧れの女性だった。しかし20年後の現在は、老けて小太りの女性になり、「私」にとって都合のいい浮気相手になってし

まう。それでも「私」は彼女が持つ「やさしさ」に惹かれ、「軽い喜び」や「小さな刺激」を感じるようになり、日々の退屈さから救われていく。

この作品は、母親を守ろうとする6歳の息子に「私」が恐怖を覚えることで急展開するが、少年犯罪が大きく増加した戦後のリアリティをうまく織り込んでいる。

「私は恐怖とも何とも形容できない感情に逆上した。瞬時の私の動作は、自分の身を守るために刃物を握った黒い姿に真正面から跳びかかったことである。／私は無我夢中で小さな殺人者の咽喉を絞めつけた」(1)。浮気相手の息子の不気味な姿と、彼に恐怖を覚える「私」の内面描写が生々しく、巧みに「時代」を切り取っている。

映画版『影の車』は、短編「潜在光景」を原作とした内容で、監督は野村芳太郎、脚本は橋本忍、主演は加藤剛と岩下志麻で1970年に公開された。

「典雅な姉弟」は、麻布の高級住宅地の片隅に小さな家を構え、端正な容貌を持つ高齢女性とその弟・才次郎の「際どい生活」を描く。才次郎は「若いときは、さぞ、春画の殿様みたいだったろうね」と近所で噂される50歳の銀行員で、「宮内庁の儀典係」のような雰囲気を持ち、独身で見合い話を繰り返し断った過去があるため、「外国でひどい病気に罹り、それが後遺症となって不能者になった」と囁かれている。旧華族に40歳まで奉公し、雅な紫色の被布を着て近所を歩く姉と才次郎の生活が、大正時代の特権階級が戦後日本によみがえったかのような「浮世離れ」した雰囲気を醸し出し、戦争を挟んだ「価値観の変化」を感じさせる。

「姉が生きている限り、わたしはその女と結婚できません。これまで縁談を妨害して来たのは、姉です。この姉が家にいては、わたしの結婚は絶望だったんです。／その女は、わたしをとても愛してくれました。わたしとしても、もう、そろそろ五十を過ぎます。この辺で自分の人生を掴みたかったのです」(2)。「春画の殿様」のような弟が、戦前の特権が水の泡となった戦後日本で「自由恋愛」を希求する姿が、読後の印象に残る。

「万葉翡翠」は、万葉集の歌「渟名河の　底なる玉　求めて　得まし玉かも　拾ひて　得まし玉かも　惜しき君が　老ゆらく惜しも」をめぐる、大学の考古学研究室を舞台にしたミステリである。長らく日本で産出しないと考えられてきた翡翠が、１９３５年に糸魚川で「再発見」され、考古学上の大発見となったことを、学生の失踪事件と絡めて巧みに小説の題材としている。「万葉考古学」を好んだ清張らしい切り口で、フォッサマグナによって生み出された翡翠が、縄文時代から奈良時代までこの地域で産出されてきた壮大な史実がひもとかれていく。

「万葉の歌に織り込まれた字句から、古代の生活を探求しよう」と試みるS大学の考古学助教授は、松本清張の分身と言える存在である。「なるほど、万葉歌は主情で構成されている。それに、いろいろと文学的な修辞が入っているから、こういうもので考古学をやろうとするのは乱暴かもしれない」「まあ、いずれにしても、新潟県のこの一帯が、昔の勾玉の原石だった翡翠の産地だということは争えないと思う」「もし、そこに翡翠の原石が発見されたら、それだけでも大そうな金だし、その原石から辿って原産地が分かれば、莫大な財産の発見である」といった一節が、学術的な知見に裏打ちされた、松本清張らしい本作の「万葉考古学ミステリ」の核になっている。

他にも性病の感染をトリックとして妻の浮気相手を調べる「確証」など、清張らしい猜疑心に満ちた人間臭い短編が並ぶ。「君は、何か病気に罹ってるんじゃないか？　おい、妙な薬があったぞ」「おい、云えよ……君、安ものを買ったな。あの薬だろう？」「違う、違う。君のカン違いだよ。ぼくは、こないだから、股に性質の悪いデキモノが出来てね。どうしても癒らないんで、憂鬱なんだよ。それで抗生物質を飲んでいるが、まだすっきりしない」[3]といった切迫感の宿る台詞が、犯罪小説でありながらも読者の笑いを誘う。

本作の清張の筆致は、現代の作家で言えば『ラブレス』や『ホテルローヤル』などの作品で、北海道の開拓地を生きる人々が、戦前・戦後に経験してきた生活や価値観の変化を、スケールの大きな物語として展開した桜木紫乃の小説を想起させる。

『影の車』が書かれて60年以上が経過したが、清張が描く嫉妬と怨嗟に根差した「時代を体感させる物語」の魅力は、全く色あせていない。

(1)　「影の車」『松本清張全集1　点と線・時間の習俗・影の車』文藝春秋、1971年、299頁
(2)　同右　321頁
(3)　同右　402－403頁

㉚

連環

初出 1961年／**主な舞台** 福岡県北九州市小倉北区米町 旧高崎印刷所(本作では南栄堂)

印刷所時代に培(つちか)った面白さを追う職人気質

松本清張が14歳で初めて就職した川北電気小倉出張所は、昭和恐慌の影響で閉鎖の憂(う)き目にあう。当時、清張は仕事の合間に文芸書を読みながら働く「気の利かない給仕(きゅうじ)」だったため、最初の人員整理で「お払箱(はらいばこ)」になった。失業した彼は「画工見習募集」の貼り紙を見て、見習いとして小倉市の高崎印刷所で働くことになる。

『半生の記』によると「私は小学校のときから図画が好きで、絵の成績は級で一番だった」ので「絵に関係したことならできそうに思え、その印刷屋の中に入った」(1)らしい。画工＝職人として修業した経験は、後に清張が「プロの作家」として活躍する時の原動力になる。

松本清張の妻・直子のエッセイによると、清張は版下の画工としての腕を高く評価されていたらしい。「その頃、主人は印刷会社の版下を描いていたのですが、お仲人(なこうど)さんのお話では、『この人は印刷所の米櫃(こめびつ)と言われている』ということでした。この人がこないと、会社は仕事にならないほどの人だって(笑)」(2)と。

その後、清張が朝日新聞で社員になったのは、収入のためというよりは、召集に備えて家族を守るためだったという。

「実は、社員になったことで、収入は減ったのです。それまでは朝日の一枚幾(いく)らの仕事と、印刷会社の仕事もやっていましたから、ずっと収入は多かったのですよ。〈中略〉戦争が始まったりして、『もし召集でもされて自分がいなくなったら家族が困るだろう』ということを考えたのだと思います。〈中略〉家族の生活だけはきちんと朝日の給料で守っていけるようにしておこうと思ったのでしょうね。そういう点では、たいへん家族思いの人でした。／よく主人は、若いころのことを『貧乏暮らし』と書いていますけれど、私自身は、経済的なことで苦労したということはまったくありませんでした」(3)と。

つまり松本清張は、朝日新聞に転職する以前から、印刷画工として家族を十分に養えるだけの職人としての技量と社会的な信用を手にしていたのである。

清張は印刷所で働く人物を主人公とした小説をいくつか記している。『連環』はその代表作と言える。

九州北部の印刷所で働き、神田の出版社の社長となる主人公・笹井誠一の物語は、小倉の高崎印刷所で働き、日本を代表する作家となった清張の人生と部分的に重なって見える。

「古い商法だが、主人は働き者で、肥えた低い身体をこまめに動かし、各会社を回っては注文をとっていた。〈中略〉主人は工場に帰ると、職人をがみがみと怒鳴り散らす。〈中略〉印刷所の二階は主人家族の住居で、家具調度も私の眼には贅を尽くしていた」(4)という『半生の記』の高崎印刷所の描写は、本作で主人公が働く「九州北部でも大きな印刷所＝南栄堂」の風景と瓜二つである。

清張は10代後半から20代後半まで小倉市や福岡市の印刷所などで修業し、その後、朝日新聞社に転職して、広告版下を描く仕事に従事する。40歳を超えて作家デビューするまで、彼が職人として働いていたことを考えれば、「西郷札」が週刊朝日の「百万人の小説」に入選しなければ、彼は生涯を一職人として終えた可能性が高い。小説の面白みを追求する「職人」のような気質は、清張が画工時代に培ったものである。本作でも小学校卒の叩き上げの印刷工の笠山が、大卒の主人公・笹井の前に立ちはだかり、生真面目な職人気質で物語を揺るがしていく。

『連環』は主人公の笹井が、東京の会社で金を使い込んで首になり、九州北部のS市の南栄堂に拾われるところから始まる。笹井が南栄堂の社長の豊太郎やその愛人の藤子の殺害に関わっていくきな臭い内容で、清張が画工時代に抱えていた「鬱屈」をぶつけた作品だと考えることができる。

「印刷屋時代は私はほとんど最低に近い生活をした。それをいちいち述べる暇はないが、このときの経験があるから、私はいつでも最低の生活を恐れないだけの覚悟は持っている。人生にはそういう経験のあることも必要だと思う。／若いとき、私は自殺を考えてみたことがある。それは、多分、二十一、二くらいのときではなかっただろうか。べつに文芸書にかぶれたわけではなく、自分の前途、現在の境遇、そういうものに絶望を感じたからだったと思う。私は暗い海岸に立って、遠い燈台の灯が暗い波間に揺れているのを何時間か見つめていた」(5)と清張は「実感的人生論」に記している。

本作『連環』は、大卒の学歴を持ちながら「都落ち」をした笹井が、南栄堂からまとまった金を引き出し、東京で事業を起こして再起を図ろうとする生臭い筋書きである。このような内容は、主人公がさまざまな経験を通して成長を遂げる「教養小説」というよりは、主人公が成長することなく、利己的に他人を利用する「悪漢小説」に近い。小説の後半で笹井が、南栄堂からかすめ取った資金を元手に、東京の神田で「軟派文学（官能小説）」の出版事業に乗り出していく場面が、本作の読み所となる。悪徳医者を主人公とした『わるいやつら』の印刷・出版業界版という趣きの作品である。

このような高度経済成長期に勃興した出版業の内実を浮き彫りにする筆致は、編集者の女性と高校教師の父親とのやり取りを通して文芸出版の舞台裏を描いた北村薫の『中野のお父さん』を想起させる。

清張は貧しい家庭で生まれ育ち、文学を愛しながら家族を養うために画工としての腕を磨いた。彼は作家として世に出たのちも「職人」としての矜持を持ち、物語の面白さを追求した作品を次々と世に送り出すことで、高度経済成長期を代表する「文学職人」になったのである。

(1) 「半生の記」『松本清張全集34　半生の記・ハノイで見たこと』文藝春秋、1974年、23頁
(2) 「仕事と家族。その他は全く無頓着な人でした」『松本清張生誕110年記念　清張地獄八景』文藝春秋、2019年、159頁
(3) 同右
(4) 「半生の記」『松本清張全集34　半生の記・ハノイで見たこと』文藝春秋、1974年、29－30頁
(5) 「実感的人生論」『松本清張全集34　半生の記・ハノイで見たこと』文藝春秋、1974年、226頁

㉛

時間の習俗

初出 1961年／**主な舞台** 福岡県北九州市 和布刈神社

土地に根差した仕掛け 福岡の歴史の奥深さ

関門海峡に面した社殿を持つ、北九州市・門司の和布刈神社を起点とした作品である。和布刈神社の神事を撮影した「フィルムの巻き戻しトリック」や、西鉄の定期券を使った「身分証明の偽装トリック」など、福岡の土地に根差した仕掛けが目を引く。松本清張は、庶民の生活に身近なものを小道具として、作品を組み立てるのがうまい。

本作は雑誌「旅」に掲載された大ヒット作『点と線』の続編と言える作品で、福岡市の香椎海岸で起きた「男女の心中事件」を描いた前作と同様、福岡県を主要な舞台にしている。

作品の冒頭と終盤の舞台となる和布刈神社は、清張が幼少期を過ごした山口県・壇ノ浦に近く、『半生の記』にも次のように記されている。「家の裏に出ると、渦潮の巻く瀬戸を船が上下した。対岸の目と鼻の先には和布刈神社があった。山を背に鬱蒼とした森に囲まれ、中から神社の甍[1]などが夕陽に光ったりした。夜になると、門司の灯が小さな珠をつないだように燦く」[2]と。清張の一家が暮らした壇ノ浦の家は、火の山という関門海峡に臨む展望台の下の細い街道沿いにあり、家の半分は海に打った杭の上に載っていた。古今東西を見回しても、海にはみ出た家で育った有名作家は皆無に近いと思う。

和布刈神社は西暦200年に神功皇后が三韓討伐の勝利を記念して創建したとされる歴史ある神社で、室町幕府を支えた守護大名・大内義弘などが社殿を建造したことで知られる。旧暦の元日未明に境内で大たき火が行われ、神楽を奉納し、３人の神職がたいまつと鎌とおけを持ってワカメを刈り取り、神前に供える神事が行われる。

日本では食用のワカメが、多くの国々ではカキやホタテ、ムール貝などの成長を妨げる「外来種」として忌み嫌われていることを考えれば、ワカメを刈り、神にささげる和布刈神事は日本らしい伝統行事だと言える。ワカメをはじめとする海藻を消化する酵素を生成する「細菌の菌株」は、日本の近隣の国々で生まれ育った人々の腸にしかいないらしい(3)。

本作のミステリの核を成す和布刈神事のクライマックスは、松本清張の推理小説の中では珍しく、次のように「抒情的で厳か」な文章で表現されている。

「海面に向かっても鳥居が立っている。そこからは海の下まで石段がついていた。／神主たちは、巨大な竹筒の篝火を先頭に、狩衣の袖をまくり、裾をからげて、石段を降りてゆく。数千人の黒い観衆が、篝火に浮かぶ神主の姿に眼を集めていた。／赤い篝火に浮かんだ禰宜の姿は石段から棚になっている岩礁の上に降りた。海水は神主たちの膝まで没する。見ている者が寒くなるくらいである。〈中略〉一人の神主が背を屈めて海中の若布を刈る。その刈られた海の幸は、傍に控えている別の神主の捧げた白い桶に納められた。／祝詞が、一段と高く奏せられ、声が寒夜に冴えた。／『青海の原に住む者は、鰭の広物・鰭の狭物(4)・奥つ海菜・辺つ海菜に至るまでに、横山の如く置き足わしたてまつるうずの幣帛(5)を、平らけく聞しめして……』」(6)。

大ヒット作の続編に、幼少期を過ごした「原風景」と言える関門海峡の土地に根差した神事を細やかな筆致で織り込んでいる点に、清張らしい「郷土愛」が感じられる。

本作は「交通文化情報」の発行人兼編集人の土肥武夫が相模湖で殺され、土肥から脅迫を受けていた極光交通専務の峰岡周一が容疑者として疑われるところから始まる。『点と線』の続編にふさわしく、時刻表トリックとアリバイ崩しが物語の核を成すが、峰岡のアリバイは、年に一度の和布刈神社の神事を記録した写真があるため、強固である。

『点と線』では東京と福岡を結ぶ、寝台特急「あさかぜ」が重要な役割を果たした。本作は時代が下って羽田空港発、伊丹空港経由、福岡空港行きの旅客機が重要な役割を果たす。

福岡空港は、朝鮮戦争の際に日本の前線基地として拡張整備され、その後、東京や大阪、返還前の沖縄と空路で結ばれて、市街地に近い立地のまま発展してきた歴史を持つ。乗り継ぎの伊丹空港での「乗客の入れ替えトリック」が印象的で、羽田─福岡便がジェット機による直通運航ではなかった時代の雰囲気を伝える。

容疑者の峰岡が、戦時中に覚えた俳句の趣味が、アリバイ崩しを進展させる重要な手掛かりになっている点も面白い。峰岡が俳句の季題として有名な和布刈神事に参加したかどうかが、本作の鍵になる。大衆の欲望の流れに敏感な清張らしく、江戸時代から庶民の文芸として発展してきた俳句に着目し、高度経済成長期に全国各地で俳句雑誌が発行されていることを小説の題材として取り込んでいる。

福岡の歴史ある神事を描いた現代小説として、福岡市の櫛田神社の神事・博多祇園山笠を描いた辻仁成の『真夜中の子供』を挙げることができる。中洲で暮らす無戸籍の少年が山笠に関わる人々とのつながりを通して成長していく姿を描いた作品である。辻は一族のルーツを福岡の大川市・大野島に持ち、この土地に住む祖父をモデルに『白仏』を書き、フェミナ賞外国小説賞を獲得した。松本清張と同じく、福岡を舞台とした作品で出世した作家である。

『時間の習俗』は、北九州市の和布刈神社や太宰府市の都府楼跡、福岡市の「岩田屋デパートの西鉄駅」など、福岡の特徴的な場所を舞台にして「ローカル・トリック」を展開した、「福岡の歴史の奥深さ」を感じさせる「郷土文学」である。

(1) ここで言う神社の甍は、和布刈神社の本殿に葺いた瓦の意味。
(2) 「半生の記」『松本清張全集34　半生の記・ハノイで見たこと』文藝春秋、1974年、9頁
(3) Brandon Keim「日本人の腸だけに存在?:海藻を消化する細菌」「WIRED」、Condé Nast Japan、2010年4月9日号
(4) 鰭の広物は、ひれの広い大きい魚の意味。鰭の狭物は、ひれの狭い小さな魚の意味。
(5) 金銭、木綿、絹物、酒、食べ物など神前にささげる供物の意味。
(6) 「時間の習俗」『松本清張全集1　点と線・時間の習俗・影の車』文藝春秋、1971年、119－120頁

㉜

けものみち

初出 1962年／主な舞台 東京都港区 赤坂

高級ホテルを舞台に照らす政財界の裏側

高度経済成長期、東京に建てられた大型の高級ホテルを舞台に「経済格差」を体感させるミステリ小説である。物語の中心にそびえ立つのは、赤坂に新しく建てられた架空の「ニュー・ローヤル・ホテル」である。

この作品の連載がはじまった1962年に、赤坂の南東にある虎ノ門でホテルオークラ東京が開業し、『けものみち』の単行本が刊行され、東京オリンピックが開催された64年に、赤坂の北にある紀尾井町でホテルニューオータニが開業している。何れも帝国ホテルとともに「御三家」と称された高級ホテルで、国内外の要人が宿泊してきたことで知られる。流行に敏感な松本清張は、本作で庶民の憧れの的である新興の大型ホテルを作品の中心に据え、「時代の欲望」を浮き彫りにしたのだ。作中にはニュー・ローヤル・ホテルの一画が、政財界の要人向けの「高級売春宿」として使われるなど、特権階級の腐敗を告発する「清張作品らしい仕掛け」が張りめぐらされている。

冒頭に「けものみち」という言葉の説明が付されている。「カモシカやイノシシなどの通行で山中につけられた小径のことをいう。山を歩く者が道と錯覚することがある」と。この小説は東京の江古田に住む主人公・民子が「人道」を踏み外し、「けものみち」へと足を踏み入れていく内容だと要約できる。

彼女は脳軟化症（脳梗塞）で寝たきりの夫のために、怪しげな旅館で女中として働いていたが、ニュー・ローヤル・ホテルの支配人・小滝にそそのかされ

て殺人事件に関与し、政財界のフィクサー・鬼頭の愛人になってしまう。

新旧の愛人の間で生じる争いの描写も、『かげろう絵図』などで江戸城の大奥を舞台に女性たちの「政治」を描いてきた松本清張の作品らしくて、生々しい。「民子は米子(よねこ)に一種の威圧感を受けた。なるほど、米子は民子を見ても何も言わない。言葉も一応丁寧だった。しかし、一種の威圧感はある。／この家にはほかに女中が四人いた。〈中略〉華族の屋敷だっただけに、奇妙な部屋が多い。／米子は、特別な感情というものをほとんど顔に見せない。それは、彼女のこの家における唯一の威厳みたいなものだった。そこにも民子は彼女の過去を嗅(か)ぐのだ。その冷たさは、何かの本で読んだ昔の御用済みの側妾(そばめ)を想像させる。／そういう女は、若い後任者が、主人を誑(たぶら)かしはしないか、睦言(むつごと)のなかで危険な密訴(みっそ)をしないかと、眼や耳を鋭くする。そこには、かつて同じ立場にあった女の嫉妬(しっと)が働いていることはむろんだ。それと、四十ぐらいで主人の閨(ねや)から追放された女の、欲求不満という現代解釈もある。米子の白豚のような身体つきを見ていると、女の民子でさえ変な気になる」[1]と。

鬼頭は児玉誉士夫(よしお)を想起させるような、

戦前に大陸で様々な悪事に手を染めた人物として描かれている。「満州では彼は何をしていたかよくわからないが、いわゆる大陸浪人に間違いない。歴史はこの大陸浪人のテロ性を教えている」(2)と。本作は、戦後日本の「悪の巨魁」と言える鬼頭の愛人という立場の不安定さや危うさを、序盤から終盤まで「非日常的な経験」の数々を通して浮き彫りにする。

この小説は61年に刊行された『わるいやつら』の系譜に連なる「悪漢小説」である。作中に登場する主な「悪漢」は、暴力団と関係が深い鬼頭と、同ホテルに住み、「弁護士」の肩書を持つ秦野、ホテル支配人の小滝である。『わるいやつら』は医者の不正を暴いた作品だったが、本作は警視庁の久恒の捜査を通して、政財界や警察の不正を芋づる式に暴いていく内容である。

鬼頭は、元々は福岡県小竹村の炭鉱主で、秦野はその子分だったが、満州に渡り、軍部と結託して資金を蓄え、戦後日本の中枢に自らの縄張り＝「けものみち」を張り巡らせてきた。彼らは、日本道路公団を想起させる「総合高速路面公団」を支配し、有料道路の建設事業に関わる利権を収入源にしている。「同公団は、久恒のおぼろげな知識によると、今から二年前に、資本の半分を、政府資金として出資されて発足した。目的は、現在の地下鉄とはべつに、東京の東西南北に四つの高速自動車道路を通し、これを幹線として第二期工事には、中間にさらに四本の副道といったものを通じる」(3)といった描写に、高度経済成長によって生じた利権の大きさが表現されている。現実に56年に発足した日本道路公団は、かつては政財界の癒着の温床となり、「第二の国鉄」と言われるほど多額の負債を抱えていた。

民子の美貌にほれ込んだ警視庁の久恒が、鬼頭が関わる事件の真相に迫っていく描写が面白い。彼は捜査1課の叩き上げの刑事で、高い捜査能力を持つが、江戸時代の「岡っ引き」のように「小料理屋や飲み屋に顔を利かせてタダで飲み食いしている」ような刑事である。「久恒が若いころは捜査に夢中だった。上から命令されなくとも積極的に動き回ったものだ。三日も四日も家に帰らなかったし、身銭を切って現場近くの二階を借り、犯人がその辺に立ち戻ってきそうなのを辛抱強く張り込んでいたものだった。／そんな気概は今の刑事にはない。まるで会社のサラリーマンだ。捜査会議が済めば、やれやれといった顔で、すぐに家に帰ってしまう」(4)。やがて久恒は民子に導かれるように「けものみち」に足を踏み入れ、鬼頭と政財官の要職者が関わる「大きな不正」を解明していく。『わるいやつら』と同様に「週刊新潮」に掲載された作品らしく、情死や汚職などの「スキャンダル」がめくるめく展開される。

本作で戦中・戦後のどさくさに紛(まぎ)れて「戸籍の入れ替え」が行われる描写は、戸籍の売買を題材とした平野啓一郎の『ある男』を想起させる。また「宝石デザイナー」の女性がホテルの一室で不可解な死を遂げる場面は、コロラド州・ロッキー山中の「呪われたホテル」を舞台にしたスティーヴン・キングの『シャイニング』を彷彿(ほうふつ)とさせる。

『けものみち』は、満州帰りの「わるいやつら」が暗躍する「高度経済成長の舞台裏」を描いた悪漢小説であり、広島やくざの抗争を描いた「仁義なき戦い」に先んじて、暴力団と政財界の癒着を描いた「やくざ小説」である。

(1) 「けものみち」『松本清張全集15　けものみち』文藝春秋、1972年、168－169頁
(2) 同右　259頁
(3) 同右　257頁
(4) 同右　330頁

㉝

北の詩人

初出 1962年／**主な舞台** 大韓民国 ソウル特別市 パゴダ公園

南北朝鮮に消された悲劇の文学者の生涯(しょうがい)

松本清張と1歳違いの朝鮮のプロレタリア詩人・林和(イムファ)が、朝鮮半島で経験した「孤独な闘争」を描いた作品である。彼は、戦前に朝鮮プロレタリア芸術同盟（KAPF）の中央委員や書記長を務めたが、日本の警察の弾圧が強まり、KAPFを解散することを余儀なくされた。

戦後は「朝鮮文学」の復興を目指して協議会を組織したが、南朝鮮を統治していたアメリカ軍政庁と関係を深め、対立して北朝鮮に追われた後、「アメリカのスパイ」として1953年に処刑されてしまう。林和は日本に留学した経験があり、29年に中野重治の「雨の降る品川駅」に応答した詩「雨傘さす横浜の埠頭(ふとう)」を書いたことで知られる。

中野重治の名作「雨の降る品川駅」は、プロレタリア文学運動に関わっていた中野が朝鮮半島に送還される人々との別れを描いた詩である。「辛よ　さようなら／金よ　さようなら／君らは雨の降る品川駅から乗車する」という一節で始まり、「行ってあのかたい　厚い　なめらかな氷をたたきわれ／ながく堰(せ)かれていた水をしてほとばしらしめよ／日本プロレタリアートの後だて前だて／さようなら／報復の歓喜に泣きわらう日まで」という一節で終わる。

この詩は左派の文学者だけではなく、江藤淳など右派の文学者からも高く評価され、愛された。

中野重治の「雨の降る品川駅」は、共産主義の本質がインターナショナルな

連帯にあったことを文学的に物語る作品である。林和の応答詩は、翻訳で読む限り、やや感情的でそれほどいい作品ではない。本作でも松本清張が描く林和は、自己の作品について「下手糞（へたくそ）な詩です」と謙遜（けんそん）しているが、その理由について次のように清張は記している。「林和には、戦闘的な詩がつくれなかった。ほかの詩人のように、野放図（のほうず）に闘争をうたい、革命の情熱を駆り立てる詩がどうしてもできなかった。いや、つくろうと思えば、ほかの者よりもっと上手にできそうな自信はあった。しかし、そのような詩を書こうとすると、先に同胞の貧しい牧歌的な姿が浮かんでくるのだ。山、林、野、川、海、あらゆる自然の中にキノコのような黝（あおぐろ）んだ藁（わら）屋根と、割れ目のはいった土壁（つちかべ）とが配置されるのであった。暗い小さな窓には、蒼（あお）い顔をした女がいる。彼の詩は、暗鬱（あんうつ）な色彩の中に感傷的にしか出なかった」(1)。

　この一節は林和の詩作について述べているだけではなく、無名時代の松本清張の「創作」に関する不器用さについて述べているように思える。本作で描かれる「二歳違い」の林和は明らかに松本清張の分身のように見える。清張も貧しい家庭で生まれ育ったが、野放図に闘争をうたうことはできず、革命の情熱を駆り立てるような作品を書くこともなかった。

清張は、ともに貧しい人々を支持者に持ちながら、激しい非難合戦を行なっていた共産党と公明党の対立を見かねて、日本共産党の委員長・宮本顕治（けんじ）と創価学会の会長・池田大作の仲を取り持ち、1975年の「創共協定」を実現させたが、共産主義を信奉したり、神仏に帰依（きえ）することはなかった。

清張は戦時中に現在のソウル近郊の竜山（ヨンサン）に滞在した経験があるため、同じ時代を身近な場所で生き、数奇な運命をたどった文学者・林和に、かつての隣人として関心を抱いたのだと思う(2)。彼は、庶民の側に立った「反権力」を象徴する人物に惹（ひ）かれる傾向があり、転向をしなかった勇ましい人物よりも、家族を養い、生計を立てるために転向を受け入れ、限られた生を全うした「生活者」に光を当てる傾向があった。本作で林和は「皆から取り残されてゆきそうな自分を感じてその孤独に耐えられなかった」と、転向の理由を率直に告白しているが、清張の創作であり、おそらくは清張自身が従軍中に覚えた感覚だと私は考える。

松本清張が作中で記す林和の葛藤に満ちた内面は、同時代を生きた「隣人」らしく踏み込んだ内容で本作の読み所と言える。

「林和は永遠の火にはいろうとしている。いや、実はこれで二度目の火だった。一度はいった火には、もう一度はいらねばならなかった。果たさなければならない償（つぐな）いをことごとく果たし了（お）えることによって永遠の安らぎを得なければならなかったからだ」(3)。

この作品は『日本の黒い霧』の朝鮮半島版としても読むことができる。小説としては相対的に読みにくい作品だが、ノンフィクションとして読むと、日本と米国の意に即して2度転向することを強いられた林和の葛藤が伝わってきて味わい深い。本作によると、林和は戦前に日本の弾圧に屈したことを弱みとして握られて、１９４５年の12月ごろから米軍のＣＩＣ（対敵諜報部隊）と結託して「祖国と人民を売りとばすスパイ行為」に手を染めることを余儀なくされたという。ただ「解放された朝鮮民族が建設する文学は、いかなる性質の文学でなければならないか」という彼の問いは、本文中の言葉を借りれば、日本語で教育され「半日本人化した一般青年層」が年々増加した時代において、切実なものだった。

　忘れられた詩人＝林和に光を当てた本作の筆致は、元プロボクサーで朝鮮総連の筋金入りの活動員だった父親の「転向」を描いた金城一紀の『ＧＯ』を想起させる。マルクス主義を信奉する父親が息子の将来とハワイ旅行のことを考えて、朝鮮籍から韓国籍へ変更する内容は、本作の林和の「転向」に通じる「生活に根差した哲学」を感じさせる。「ベルリンの壁は崩れたし、ソ連ももうないのよ。この前テレビで言ってたけど、ソ連が崩壊したのは寒さが原因らしいわよ。寒さって、人の心を凍らせるのよ。主義も凍らせてしまうのよ……」[4]という母親の言葉も、林和の孤独な姿に重なって見える。

　『北の詩人』は、文学者として不遇だった林和の半生を、朝鮮半島の戦後史の中で鈍く輝かせた、松本清張らしい「失われた時」をひもとく「伝記小説」である。

(1)「北の詩人」『松本清張全集17　北の詩人・象徴の設計・他』文藝春秋、１９７４年、１２０頁

(2) 竜山の兵営での経験を踏まえて記した作品として、「任務」などの作品がある。松本清張『任務――松本清張未刊行短篇集』中央公論新社、２０２２年

(3)「北の詩人」『松本清張全集17　北の詩人・象徴の設計・他』文藝春秋、１９７４年、91－92頁

(4) 金城一紀『ＧＯ』角川文庫、ＫＡＤＯＫＡＷＡ、２００７年、６頁

34

花実のない森

初出 1962年／**主な舞台** 神奈川県足柄下郡湯河原町 万葉公園

万葉集と古代の恋情 ユニークな貴族小説

松本清張は『万葉集』を通して古代の人々の生活や心情を知ることを趣味の一つとしていた。

『万葉集』は、8世紀前後に編纂された約4500首を集めた日本最古の歌集で、九州から東北までさまざまな土地を舞台に、天皇から農民までさまざまな階層の人々の歌を収録し、当時の人々の「感情」を総体として記録した。『万葉集』を題材とした清張作品は、「万葉翡翠」や「たづたづし」など他にもあり、清張は古代史への関心の延長で『万葉集』に関心を抱いていた。作中には万葉集で詠まれた温泉地、神奈川県湯河原の万葉公園が登場し、清張作品らしく旅情を誘う。

本作は『万葉集』の歌の一つ、「黄葉の　散りゆくなへに　玉梓の　使を見れば　逢ひし日思ほゆ」の解釈をめぐるミステリ小説である。この歌は柿本人麻呂が離れて暮らしていた妻の訃報に接し、在りし日の妻との思い出を偲んだ歌である。本作は高貴な出自の美女・みゆきが、この歌が刻まれたペンダントを身に着けていた謎をひもとく。

小さな商事会社に勤める主人公梅木隆介が、けなげな恋人を捨てて神秘的な魅力を持つみゆきに惹かれる展開が赤裸々で、清張作品の中でも異彩を放つ。「ぼくはそういう古風な性質です」「一世一代のロマンスのためにここで死んだとしても、停年後のおいぼれた身を細々と生きさらばえているより、ずっとす

ばらしい」と述べる梅木の「執着心と紙一重の愛情」が物語を牽引していく。

物語の構成はシンプルで、不審死を遂げる中年男性と、その背後に見え隠れするみゆきの謎めいた関係をめぐる内容である。旧華族と思われる人々がみゆきを庇護し、梅木の調査は難航を極めるが、「宮様」が参加したデザイナーの新作発表会の記事に、みゆきが写っていたことをきっかけに物語は進展する。

松本清張は様々な作品で旧華族や戦前の特権階級を描いているが、本作では独自の「高貴なもの」に対する持論が、次のような箇所で展開されていて興味深い。

「えてして、戦前からの特権階級の中で過ごした人間には、庶民の感情とは隔絶した先天的な自我意識がある。これは、おのれだけを特別なものに扱って他からの容喙を許さない体のものだ。外に向かっては排他的となり、内に向かっては同族意識となっている。〈中略〉なるほど、戦後になって旧貴族は崩壊し、彼らは庶民の中にまぎれこんだ。入れ違いに、庶民の中から新しい特権階級が出てきた。／伝統のある旧貴族と、俄か成金的な新貴族とは、必然的に体質が違う。どのように落ちぶれても、旧貴族には庶民の感情とはまったく異質な先天的精神がある。それはあたかも偏執狂的な症状と似ている。／〈中略〉思いあたるのは、あの女がどこか通常の人間と違って、一つ抜けたところがあるといった感じだ。／この〝抜けたところ〟というのは、白痴や精神耗弱という意味ではなく、それこそ実生活と隔離された貴族意識と、庶民の生活観念との違和点のことである。／貴族はえてして自己本位に物事を考える。他人への顧慮が絶対にない。世の中を自己のものとして判断するのだ。そこが一見、天衣無縫な、非常識な、奇妙な行動となって人には映るのである。／梅木は、もしかするとあの女は、かつては貴族の中にはぐくまれてきたのではないかと思った。楠尾元伯爵が激怒して彼を追っぱらったのは、同族意識からの共同防衛ではなかろうかと思った」[1]。

このような一節に、貧しい家庭で生まれ育った清張らしい、庶民の生活に根差した「高貴な存在への憧れ」と「特権階級への批判」の双方が感じられる。清張が「高貴なもの」に対して抱いていた両義的な感情が率直に表れた珍しい一節で、彼が天皇陛下から褒章をもらえなかったのも納得できる際どい内容である。

白壁の町並みで知られる山口県柳井市の描写も本作の魅力の一つである。そこは「外国の石造りの家の風景」や「佐伯祐三描くところのパリの裏町風景」にたとえられている。「その白壁が、ところどころ剥げ落ちているのがいい。瓦に草が生え、苔が軒についているのもいい。歩いている子供の姿が洋服よりも着物が多いのもよかった」[2]と大絶賛である。

山口県の中で柳井市は、松本清張が幼少期を過ごした下関市と正反対の東側にあるが、瀬戸内海に近い町の雰囲気が、どことなく下関を想起させる。柳井市を含む旧周防国（長州藩）は、伊藤博文ら明治維新の立役者を数多く輩出した経緯から、華族に連なる名家を抱えてきた歴史を持つ。

「明治時代の銅版画のような家」で暮らすみゆきと、高度経済成長期の東京で奔放に振る舞うみゆきの対照的な姿が、読後の印象に残る作品である。映画版は１９６５年に公開され、監督が後に清張作品のドラマ版を数多く手がける富本壮吉で、みゆき役の若尾文子と節子役の江波杏子が、色香の漂う演技を披露している。

本作は「婦人画報」に１９６２年から63年まで連載された。59年の皇太子明仁親王と正田美智子の成婚パレードに象徴される「ミッチー・ブーム」を下地にした作品だと私は考える。現上皇の明仁親王は、特定の旧華族から妃を迎える皇室の慣習を破り、平民の妃・美智子をめとる決断をしたことで、元皇族や旧華族から「貴賤結婚」だと批判されたが、国民からは喝采を浴びた。

論争的な性格をもつ本作の筆致は、現代小説でいうと、皇室に親しみを抱いてきた福島の出稼ぎ労働者の半生を描き、全米図書賞（翻訳文学部門）を獲得した柳美里の『ＪＲ上野駅公園口』を想起させる。高貴な人々と社会の底を生きる労働者を対照的な存在として描き、福島の戦後史や東北と東京の「格差」を浮き彫りにしたことで、国際的に高く評価された作品だ。

『花実のない森』は、高度経済成長期の日本を舞台に旧華族の血を引く女性の奔放な姿をユニークに描き、タブー視されてきた「皇室内の対立」に迫った『神々の乱心』につながる「貴族小説」である。

(1) 松本清張『花実のない森　松本清張プレミアム・ミステリー』光文社文庫、光文社、２０１３年、96－97頁
(2) 同右　２４９頁

㉟

陸行水行

初出 1963年／主な舞台 大分県宇佐市 安心院

邪馬台国論争をあおる ロマンと推理の結晶

東京の某大学の歴史科の万年講師・川田修一の視点から、邪馬台国の「九州説」に魅せられた人々の数奇な人生を描いた表題作を含む中短編集である。

「陸行水行」というタイトルは、「魏志倭人伝」に記された邪馬台国に至る距離の単位で、たとえば投馬国から邪馬台国までの距離は「水行十日、陸行一月」と表現される。陸路の旅が陸行、海路の旅が水行という意味である。このような距離と移動手段の大ざっぱな表現が、邪馬台国の「畿内説（大和説）」と「九州説」の論争を生むことになった。

「陸行水行」は、松本清張が「邪馬台国のミステリ」と正面から向き合った最初の作品である。1963年から64年に「週刊文春」に連載されたシリーズの一作で、当初は『陸行水行』というタイトルで出版され、その後「別冊黒い画集2」というシリーズ名が追記された。

日本に2〜3世紀にかけて存在していたとされる邪馬台国の位置について、今日では畿内説が有力とされる。ただ小倉に長らく住んでいた清張が「九州説」に強い思い入れを抱いていたことは明らかである。『古代史疑』（1968年刊）など一連の「邪馬台国もの」を通して、清張は「九州説」を唱え、「邪馬台国ブーム」の火付け役となったのだ。1986年に佐賀県で吉野ケ里遺跡の本格的な発掘調査が始まったことも手伝って、晩年の清張は「九州説」を体現する象徴的な存在となった。

清張が考古学に関心をもったのは、朝日新聞西部本社の「現地採用組」の中で、清張が属する「図案係」と同じく冷遇されていた「校正係」の主任・Aさんの影響だった。「Aさんが考古学に身を入れていて、よくその話を私に聞かしたものだった。〈中略〉この人の影響から、私は社のいやな空気を逃れるため北九州の遺跡をよく歩き回った。小遣をためて京都、奈良を歩いたのもその頃である」[1]。たまたまAさんと隣の席になり、親しい間柄となり、石器や土器の破片を見せてもらう関係になったことで、後に清張が「邪馬台国九州説」を背負っていくことになる「人生の偶然」が面白い。

本作は物語仕立てで、邪馬台国と大分県宇佐市にある宇佐神宮の関係をひもといていく。宇佐神宮は全国に4万社ほどあり、神社の中で最も数の多い「八幡宮」の総本宮である。ここには、大陸の文化や産業を輸入したとされる応神天皇のご神霊＝八幡大神が祭られている。清張は朝日新聞の西部本社に勤めていた戦前の時代から、宇佐の安心院を度々訪れ、古代史の謎に迫っていた。

本作で松本清張が提起するのは、宇佐神宮をめぐる謎である。「伊勢神宮と皇室の関係は、大体、研究しつくされている。しかし、西日本にかつて大きな勢力圏を持っていたであろう宇佐勢力圏は、もう少し研究されなければならない。〈中略〉三世紀半ばには、『魏志倭人伝』に見られるように、北九州には邪馬台国を中心とした一大勢力圏があった。これと宇佐神宮の原祖とが直接に結びつくかどうかは分からないが、地域的には邪馬台国は現在の福岡県山門郡あたりだろうと云われている。もっとも、これは九州説を唱える学者の推定である。邪馬台国を現在の大和に設定する論者はもちろんこれを否定している。／もし九州説を採って邪馬台国を現在の九州地方に設定すれば、宇佐はかなり離れた地域だから、そこが邪馬台国勢力圏にあったとは考えられない」[2]と。

清張は、本作で宇佐に全国の神社で最大の「八幡宮」の総本山があり、『古事記』の神武天皇記に記載された「足一騰宮」によく似た「摩崖仏」があることに着目し、「宇佐古代文化圏」について研究することが、「邪馬台国九州説」の重要な手掛かりになると考えている。

本作にも顕著に表れているように、清張は自らが育った九州の北部の歴史を誇りに思い、自己の作品に数多くこの地を登場させている。たとえば『点と線』では福岡市の香椎海岸が登場し、『時間の習俗』では北九州市の和布刈神社が重要な舞台となる。本作で言及される福岡県宗像市の宗像大社は、日本最古の神社の一つとして、2017年に世界文化遺産に登録されている。

「たとえば、北九州には宗像神社がある。これは朝鮮民族で、いわゆる、『海神系』である。この宗像氏の原形は胸形（仲哀記）で、それが宗像、宗方になり、棟方となる。したがって、東北地方に多い棟方性（たとえば棟方志功画伯は青森県生れ）は、北九州の対馬暖流が流れて姓氏の分布になったことが分る。／この宗像勢力圏と邪馬台国勢力圏と、この宇佐勢力圏の三者の関係は興味深いものがある」。北九州の宗像神社を、「海神系」という括りで、棟方志功をはじめとする東北の「棟方性」と繋げる論旨がダイナミックで、古代史を大胆に解釈する松本清張らしい。

「陸行水行」で重要な役割を果たす「アマチュア邪馬台国学者」の浜中浩三は、不弥国を宇佐の安心院周辺だと考え、新しい視点から「邪馬台国九州説」を唱える。彼は邪馬台国に関する「郷土史家の考え」を新聞広告で募り、金を集め、いわば「邪馬台国のロマン」を売りにした「詐欺」で生活している。

「あの人は実際は詐欺漢でしょうか、それとも今も邪馬台国をたどりながら九州を調査して歩いている篤学の士でしょうか」という問いかけが、考古学の在野研究と「邪馬台国詐欺」が紙一重の関係にあることを物語っている。「世の中にはずいぶん邪馬台国研究者もいるものだ」と作中に記されているように、日本のルーツ＝邪馬台国をめぐるミステリは、多くの人々を魅了してやまないのだ。

このような古代史のロマンをあぶり出すような清張の筆致は、古墳時代の王子の反乱を描いた「隼別王子の叛乱」や「古事記」の翻案で知られる田辺聖子の「古代史もの」を想起させる。幼いころから記紀神話に惹かれていたという田辺聖子が記した古代の物語は、清張が記した「邪馬台国もの」と共通する「高揚感」に満ちている。

「陸行水行」は「邪馬台国九州説」のロマンに魅了された清張らしい、情熱に満ちた歴史ミステリである。

(1) 「陸行水行」『松本清張全集7　別冊黒い画集・ミステリーの系譜』文藝春秋、1972年、43頁
(2) 同右　202頁

36

絢爛たる流離

初出 1963年／主な舞台 大韓民国 全羅北道 井邑市

ダイヤが引き起こす欲望と愛憎のドラマ

松本清張の推理小説の魅力を、多彩な短編の連なりの中で実感できる秀作である。個人的には数ある清張作品の中で最初に読むべき「入門書」だと考える。「婦人公論」に連載された小説らしく、3カラットの「純白無疵」のダイヤモンドの「流離」を描いた作品で、高級ダイヤを手にした女性たちがその代償を支払うかのように「人生の隘路」に陥っていく姿をあぶり出す。

清張作品としては珍しく、戦中に清張が従軍した朝鮮半島の描写がある。3カラットのダイヤモンドは、昭和初期の北九州を起点に日本を転々とし、戦中の朝鮮半島へと渡り、福岡を経て高度経済成長期の東京に至る。

第3話「百済の草」と第4話「走路」は、このダイヤモンドが朝鮮半島で砂金採取を行う技師の妻に渡った頃の話で、朝鮮の全羅北道の井邑を想起させる架空の都市「金邑」を舞台にした作品である。作中で金邑は「南朝鮮の西側で群山の南」にあり、「人口三万の小都市」だと説明されている。

技師の雄一は清張と同様に召集されて衛生兵となり、美しい彼の妻を狙っていた高級参謀の謎めいた刺殺事件をきっかけに、玉砕が近いと噂される沖縄の部隊に転属させられる。

清張が終戦を迎えたのは、光州の北に位置する全羅北道の井邑だった。本作の細部の描写に井邑での経験が生きている。彼は「朝鮮の西海岸の防衛に当たる新兵団」に所属し、阪大教授だった大尉に連れられて軍医部付属の衛生兵となったらしい。『半生の記』には、京城（ソウル）の兵営から出た後の配属について次のように記されている。

「新しい兵団は南朝鮮の全羅北道井邑という土地に置かれた。防衛範囲は群山を北限とし、南は木浦、済州島にわたっていた。〈中略〉軍医部の構成は部長が少佐で、その下に大尉一人、大阪の心斎橋で大きな薬屋をしている老薬剤中尉が一人、あとは准尉一人、歯科医の軍曹一人、伍長二人であった。兵隊は上等兵の私と、一等兵一人というあわれなもので、私は最後まで飯炊きや、食器洗い、洗濯などの雑用に終始した」[1]と。松本清張が軍隊時代に低い地位で下働きを強いられたことを物語る一節である。

玉音放送も「けたたましい雑音」で意味がよく分からず、「天皇がみずから戦局の挽回に士気を鼓舞するのかと思った。もはや、いかなる将軍の鼓舞も効果がなくなったので、最後に天皇の督戦[2]が必要になったのだろうと考えた」[3]という。

清張は「昭和史発掘」で二・二六事件などの昭和維新運動を描いたが、戦争中の物事をほとんど小説に記していない。「一切の思考は死んでいた。頭脳は動物化していた」と彼は戦時中の自身の姿を回想しているが、「百済の草」と「走路」では、井邑とおぼしき町を舞台に、戦時中も変わらず情事や保身に溺れる人々の生き生きとした姿を描いている。

玉音放送後の町の雰囲気の変化について、清張は次のように記している。

「井邑の町の日本人のおもだったところが頻々と司令部を訪ねてくるようになった。彼らは朝鮮人が暴動を起こした場合、司令部に逃げ込んでくるから保護してほしいと頼んでいた。実際、田舎の駐在所は朝鮮人に襲撃されて、巡査や、その家族が殺されたところもあった。〈中略〉そのうち京城からアメリカの将校が乗り込んできて、日本軍の兵器一切の引取りを完了するという話が伝わった。この師団麾下の銃器弾丸が続々と井邑の町に集結された。／そんなある日、将校たちは日本人会長と会い、アメリカ将校団への奉仕のことで打合せをしていた。彼らは、日本人の女性を差し出さなければなるまいと話していた。その場合、娘さんは困るから、一般の奥さんで適当な人を考えてほしいと会長に要望していた」[(4)]と。

外地で敗戦を迎えた人々の苦難を物語る、心を砕かれる一節である。「一般の奥さんで適当な人を考えてほしい」という要望は、実に残酷である。

ただ『絢爛たる流離』の全体では、戦争に関する物語は一部で、恋愛小説として楽しめる内容が大半を占める。

「男と女が別れる場合、愛情の冷めた方が何をきっかけにして起きるかである。それは、外的条件に影響されることも多い。その条件も著しく外に目立つ場合と、当事者同士の間だけにしか見えないことがある」[(5)]という一節が象徴的に物語っているように、この小説には「多様な男女の別れ」が描かれている。時代が男女を引き裂く作品もあれば、身体の死や心の死が男女を引き裂く作品もある。

各短編の主要な登場人物たちが次々と死を遂げる中で、3カラットのダイヤモンドだけが戦前・戦後の混乱の時代を生き延び、めくるめく持ち主を変えながら、人間の世界の秩序の儚さをあざ笑って見せる。

本作のように、人間以外の存在が異なるコミュニティーを渡り歩く姿を描いた現代小説として、馳星周の直木賞受賞作『少年と犬』が思い浮かぶ。この作品は、東日本大震災の被災地・釜石を起点として、5年の歳月をかけて熊本に向かう1匹の犬と、さまざまな仕事に就く飼い主たちの「訳ありの人生」を描く。心に「孤独」を抱える登場人物たちに「送りびと」として寄り添う1匹の犬の旅路は、私たちが暮らす日常の危うさを描いている点で本作に似ている。

『絢爛たる流離』は、3カラットの高級ダイヤモンドを贈答された女性たちの「人生の時の時」と、そこから転落していく「人間存在の儚さ」の双方を描いた「人生の浮き沈み」を知る清張らしい「脛に傷を持つ大人」向けの恋愛小説である。読者が感情移入した登場人物たちが、これほど多く死を遂げていく小説が、他にどれだけあるだろうか。

(1)「半生の記」『松本清張全集34　半生の記・ハノイで見たこと』文藝春秋、1974年、51頁
(2) 督戦は、部下を監督し、激励して戦わせることの意味。
(3)「半生の記」『松本清張全集34　半生の記・ハノイで見たこと』文藝春秋、1974年、53－54頁
(4) 同右　55頁
(5)「絢爛たる流離」『松本清張全集34　半生の記・ハノイで見たこと』文藝春秋、1974年、51頁

㊲

半生の記

初出 1963年／**主な舞台** 福岡県北九州市小倉北区砂津 旧朝日新聞西部本社

社会の底で培われた叩き上げの自伝小説

松本清張が41歳で小説家デビューする以前の人生を描いた「自伝的小説」である。彼が朝日新聞社を辞めて46歳で専業作家になり、82歳で亡くなったことを考えれば、小説家以前の「半生」が清張にとって人生の過半を占める。戦後復興や経済成長の中で置き去りにされてきた人々に光を当てた作品は、高等小学校卒の学歴で社会の底を生きてきた「半生」の中で培われたと言える。

本作によると清張の父親・峯太郎は、鳥取県の農家に生まれ、養子に出されて米子で育っている。父親は小学校を卒業した後、役場の給仕、書生、看護雑役夫などの職を転々とし、貧乏暮らしをしながら広島を経て小倉に移住する。峯太郎の血縁上の弟は広島の高等師範学校を卒業し、受験雑誌を発行する出版社で重役になっているから、もし彼が教育の機会に恵まれていれば、息子・清張の人生も異なっていただろう。教育機会の格差が大きかった戦前の日本には、このような「たられば」が全国各地に偏在していた。

清張の小説は、彼の半生を反映し、一般にあまり知られていない町を舞台に、教育や仕事の機会に恵まれず、運悪く事件に巻き込まれてしまう人々を描くことが多い。

清張の母親タニは広島県の農家の出身で、紡績女工をした後、峯太郎と結婚している。清張作品によく登場する、貧しく、不器用で時代に取り残された人々の原型は両親の姿にある。両親が小倉や下関に引っ越してきた事情について、

松本清張は本作で次のように記している。「広島から峯太郎とタニとが九州小倉に移った事情はよく分からない。当時の九州は戦争後の余波で、まだ炭鉱の景気がよかったのではないかと思う。しかし、小倉には炭鉱がなく、もともと父は労働が嫌いなほうだった。それで、炭鉱景気で繁盛している北九州の噂を聞いて、ふらふらと関門海峡を渡ったのではないかと想像する」(1)と。

その後、清張が幼少期を過ごし、山崩れで破壊された「旧壇之浦(だんのうら)」の家については次のように記されている。「そこに一群れの家が六、七軒街道に並んで建っていた。裏はすぐ海になっているので、家の裏の半分は石垣からはみ出て海に打った杭の上に載っていた」(2)と。

貧しい家庭に生まれたが、清張は一人っ子だったこともあり、両親にたっぷりと愛情を注がれて成長した。文藝春秋で長年、清張を担当した藤井康栄(やすえ)は「明治生まれの清張に、写真館で撮影した記念写真が三枚も残っている」点に着目し、本作に描かれた「貧乏物語」だけでは知ることが難しい、両親に愛された清張の姿があることを示唆(しさ)している(3)。本書によると清張が新聞社で働いたのも、新聞の内容を分かりやすく話してくれた父親からの影響が大きかったらしい。父親は家の外に愛人をつくり、相場で失敗して借金で身動きが取れなくなり、木賃宿に「きたない身なり」で身を潜めるほど零落したが、清張を文芸ジャーナリズムの道へと導くことには成功した。

清張の家族の貧しさを物語る一節として、本作には小倉のバラック家の描写がある。「近くの製紙会社から出る廃液の臭気が低地に漂っていた。しかし、住んでみると、その悪臭を嗅がないと自分の家でないような気がした。学校がひけて、その灰汁の臭う橋まで帰ると、私ははじめてわが家に戻ったような気安さを覚えた」(4)と。晩年に記した「骨壺の風景」では、松本清張は久しぶりにそこを訪れて、次のようなより具体的な文章を記している。

「十条製紙は、私がいたころは、王子製紙と言っていた。その工場から廃液を流す堀川があって、先の住吉神社の横を通り紫川に注いでいた。〈中略〉異様な臭いを放つ白いヘドロの堀川が浮かび上がってくる。川にはほとんど堤防らしいものがなく、製紙工場へ向かう道が川と並行していて、よそよりも一段と低い町になっていた。低地には小さな家が密集していた。その裏の板壁の小屋が私たちの家であった」(5)と。「廃液の臭気」が故郷への思いと重なる作家は、世界広しといえども、なかなかいないだろう。

小学校時代、清張の父は「襤褸」にくるまった姿で、紫川の支流に架かる天神橋の上に立ち、旦過市場で仕入れた魚を売っていたという。清張は「廃液の悪臭」の中で育った経験を下地に、「襤褸」を着た父の姿に象徴される社会の下層を生きる人々に寄り添い、「腐敗」が蔓延り「悪の臭い」が立ち込める独自の小説世界を築いたのだ。

1924(大正13)年に清張は高等小学校を卒業し、給仕や印刷所の画工の仕事に就く。この頃から彼は小説を読むようになり、特に菊池寛や芥川龍之介の小説を愛読した。プロレタリア文学にさほど関心は無かったが、八幡製鉄所で働く文学仲間が「戦旗」を所持していたことで、留置場に十数日間入れられ、特高から拷問(ごうもん)を受けた経験を持つ。画工の収入は少なく、毎日が「プロレタリア文学」のような生活で、後に徴兵された時に「ここにくれば、社会的な地位も、貧富も、年齢の差も全く帳消しである。みんなが同じレベルだ」と解放感を感じるような貧しさだった。本作には「叩(たた)き上げ」と呼ぶにふさわしい清張の「半生」が綴(つづ)られている。

このような経歴を持つ現代の作家は少ないが、「叩き上げ」のミステリ作家として宮部みゆきが思い浮かぶ。彼女は、高校卒業後、OLとして働きながら裁判所速記官を目指し、その後、東京・新宿歌舞伎町の法律事務所に勤務し、東京ガスの集金をしながら作家となった苦労人である。清張を師として尊敬する宮部も、社会の下層を生きる人々の感情を掬(すく)い取り、『火車』などの作品でミステリの題材にしている。『半生の記』は、生まれた家の豊かさや学歴が人生を大きく左右する時代に、社会の様々な場所で蔑(ないがし)ろにされてきた人々の「怨恨(えんこん)の声」を代弁し、時代を代表する作家となった松本清張らしい「叩き上げの自伝的小説」である。

(1)「半生の記」『松本清張全集34　半生の記・ハノイで見たこと』文藝春秋、1974年、8頁
(2)同右
(3)『『半生の記』を考える　一　三枚の写真」『松本清張の残像』文春新書、文藝春秋、34頁
(4)同右　16頁
(5)「骨壺の風景」『松本清張全集65　老公』文藝春秋、1996年、296–297頁

㊳

昭和史発掘　芥川龍之介の死

初出 1964年／主な舞台 東京都北区 田端

不況時代の経験を投影
共感を込めた作家論

昭和という時代は、社会史的には昭和恐慌で始まり、文化史的には芥川龍之介の死によって始まったと言われる。1927（昭和2）年に35歳の若さで自殺した芥川の死が、昭和という大きな時代の始まりだと考えられる点が興味深い。

松本清張は、1964年から71年まで「週刊文春」で連載した『昭和史発掘』の第1巻に「芥川龍之介の死」を記し、昭和恐慌という時代の暗さと芥川の死を結び付けて論じた。清張は『半生の記』で不景気の中で就職した川北電気の給仕時代を回想して、「殊に芥川龍之介のものは真先に読んだ。当時、芥川は短篇集をつづけて出していた。その短篇集『春服』『湘南の扇』など、銀行などに使いに行って椅子に腰かけて待つ間のひまに、貪るように読んだ」[1]と述べている。高学歴の作家を嫌う清張にとって東京帝大出の芥川は稀な「先輩作家」であった。

晩年の芥川が抱いていた「ぼんやりした不安」や、初期の「トロッコ」のように、教科書に採用される小説にすら垣間見える厭世観は、関東大震災や昭和恐慌を経験した同時代の精神とでも言うべきものだった。清張自身も昭和恐慌の時代を、精神面で苦労しながら生きた経験を持つため、芥川の死を人ごとのような「芸術的な死」だとは考えなかった。

「芥川龍之介の死」で清張が強調したのは、芥川が「自分をさらけ出すことの

できない」繊細な作家であったことと、初期から中期にかけての短編を高く評価しつつも、「歯車」や「或(ある)阿呆(あほう)の一生」など晩年の「半告白体」の小説が有していた文学的な可能性である。この作品は、芥川の死の謎に迫ったミステリー風のノンフィクションだが、不況の時代を繊細な心を持つ青年として生きた清張自身の姿を投影した異色の作家論でもある。

本作で清張は、芥川を自己の性的指向をさらけ出すことで大成した谷崎潤一郎と対照的な存在として描いている。彼が『昭和史発掘』で芥川と谷崎を取り上げたのは、昭和の文学がこの2人の作家を両極とする感性を下地として成り立っていると考えたからだと思う。

「俗情」を何よりも重んじる清張は、本文中の言葉を借りれば、芥川が抱えていた「女の問題」(2)を、神経衰弱(すいじゃく)や胃病、痔疾(じしつ)や不眠症などの病状とともに、自殺に至る大きな理由だと考えた。

芥川の死について、文学や芸術上の問題ではなく、世俗的な問題に重きを置いて論じている点が清張らしい。他の文士たちと同様に、芥川の女性関係はそれなりに奔放(ほんぽう)なものだった。本作で描かれる晩年の芥川は、執拗に追いすがってくる「H女＝河童」に迷惑を感じ、「才力の上にも格闘出来る女＝片山広子」と恋に落ち、「M女」と帝国ホテルで情死する約束をするような生活を送っていた。

「芥川はH女に苦しめられたが、彼は、そのことをどうして親友にうち明けて相談しなかったであろうか」という清張の問いは、芥川の死について考える上で本質的なものだろう。芥川の晩年の名作『河童』はこの時の経験が生かされたポスト・モダン風の作品で、松本清張は芥川に、こういう軽妙な文体で、谷崎のような長編を書いてほしかったのだと思う。

松本清張は「小説家は人に好かれるべからず」という講演で、芥川龍之介と菊池寛を比較しながら次のように述べている。「菊池寛の文学というのは、その作られていく過程に、二つの要素があると思います。ひとつは、家庭が貧しかったこと。そのため、学校へ行くのに、絶えず金の苦労をしなければならなかった。この逆境が、菊池寛の文学形成に大きな要素になっていると思います。／もう一つは、醜男であったこと。女にモテなかった。このことがまた、菊池寛の文学を作り上げた」[3]と。

その一方で芥川龍之介の「人生経験」については評価が手厳しい。「芥川の人生経験にいたっては、東大を卒業して横須賀の機関学校の英語の先生かなんかをした程度であります。〈中略〉芥川の小説は、絢爛たる文章がちりばめてあるために、非常に文章の巧緻、機知、そういうものが主体となっておる」[4]と。「文体がない」と批判されることが少なくなかった松本清張にとって、魅力的な文体を持つ芥川の文章への批判には、嫉妬も混じっていたのだと思う。

清張は、芥川が亡くなった時、文藝春秋が3円で頒布したポートレートを、わずか11円の月給から捻出して購入したほどのファンだった[5]。

本作で清張が言うように、もし芥川が菊池寛など文学仲間に弱点をさらし、「軽蔑される情事」をうち明けることができたなら、谷崎のように情愛に根差した長編小説を書き得たかもしれない。このような「俗情」に根差した問いは、エロ・グロ・ナンセンスが流行した昭和初期の文化的な風潮について考える上でも本質的なものだと思う。清張の芥川への批評には、芥川龍之介の短編を思春期に好んで読んだ人間らしい、愛憎半ばする感情が見え隠れする。

歴史に名を残した作家たちが俗世を生き、私たちと変わらない、ちょっとした人間関係のこじれや、些細な感情の行き違いに悩んでいたことを「ノンフィクション」のように記す本作の筆致は、清張と同時代に活躍した山崎豊子（１９２４～２０１３）の文体を想起させる。

大阪市の船場で生まれ育ち、毎日新聞社に勤めて作家となった山崎は、『ぼんち』などの作品で昭和の歴史の中に埋もれた物語を「俗情」に根差した人間ドラマとして描いた。清張も山崎も、芥川的な資質と谷崎的な資質の双方を持つ稀な作家であり、人間の情愛や羞恥に関わる部分に肉薄する「週刊誌の記者」のような作家だったと思う。

(1)「半生の記」『松本清張全集34　半生の記・ハノイで見たこと』文藝春秋、１９７４年、20頁
(2)「芥川龍之介の死」『松本清張全集32　昭和史発掘』文藝春秋、１９７３年、１２８頁、１３３頁
(3)「小説家は人に好かれるべからず」『松本清張生誕１１０年記念　清張地獄八景』文藝春秋、２０１９年、１２９頁
(4) 同右　１３７頁
(5) 藤井康栄「生涯原稿十二万枚」『松本清張生誕１１０年記念　清張地獄八景』文藝春秋、２０１９年、２０９頁

㊴

昭和史発掘　三・一五共産党検挙

初出 1965年／主な舞台 福岡県北九州市 小倉警察署

拷問の経験を下地に
思想弾圧の内情を描く

松本清張は1929（昭和4）年に小倉警察署で「思想犯」として拘留され、特高に竹刀で拷問をされた経験を持つ。八幡製鉄所で働いていた文学仲間の職工が、非合法に出版されていた「戦旗」を読んでいたことから、同じグループだと見なされたのである。「戦旗」は28年の三・一五共産党検挙事件の直後に、共産主義の文学面での機関誌として発行された文芸誌で、小林多喜二が「蟹工船」を発表したことで広く知られる。

ただ当時19歳だった清張は、共産主義への関心はさほど持っておらず、印刷所の見習工として必死で図案の勉強をしていた。彼は家が貧しいため中学校に通うことができず、借金取りに追われる父を見ながら「文学などやっていられない、早く生活を安定させなければ、一家が路頭に迷う」[1]と考えていた。

清張が受けた拷問や拘留は、28年の三・一五共産党検挙事件の余波によるもので、彼は長年この時のことを恨みに思い、国民作家となった後、本作で「復讐」を果たしたのだと思う。

文学仲間と「戦旗」を読んでいたという理由で、特高から「拷問」を受けた松本清張の記述は、昭和初期の思想弾圧の苛烈さを物語っている。「留置所では五、六人の容疑者といっしょだったが、思想犯関係は私一人だった。婦女誘拐、窃盗、詐欺の容疑者とここで十数日暮した。今の留置場と違い、当時は不潔極まりなく、部屋の片隅に大小便をする溜りがあった。はじめの二日ばかりは、

その臭気で飯が食えなかった。〈中略〉拷問は竹刀だった。これは私を捕えに来た近藤という酒焼けのした男だったが、どうしても仲間の名を言えといってきかない。留置場のすぐ上が道場で、殴るぶんには遠慮がいらない。私の場合は容疑がうすいとみてか、逆吊りや、煙草責めなどはなかった」(2)と清張は『半生の記』に記している。共産主義を信奉していたわけでもなく、特高から拷問を受けた経験を持つ作家は稀だろう。

この作品は28年に起きた日本共産党大検挙事件について、同時代の自己の経験を下地にしてつづった、清張らしいノンフィクションである。この事件で、謎に包まれていた日本の共産党のネットワークが警察に把握され、翌29年の四・一六事件で、党の中枢にいた鍋山貞親、佐野学、市川正一など幹部が検挙され、結果として日本共産党は壊滅的な打撃を受けるに至る。

清張が十数日間にわたり留置場に入れられたのが、四・一六事件の直前であったことを考えれば、19歳の松本清張も「共産党検挙の昭和史」の渦中にいたのだ。

日本共産党の歴史は、1917年に起き

たロシア革命の影響から、22年に堺利彦や山川均らが結成した第1次日本共産党にはじまる。ただ当時の党員はマルクスやレーニンの著作をほとんど理解しておらず、モスクワから通達される「天皇制の廃止」などの「日本革命」のためのテーゼ（綱領）に翻弄されていた。その後、23年の関東大震災後に組合運動に従事していた労働者らが惨殺された亀戸事件が起き、25年に治安維持法が施行されて共産党の活動そのものが困難になる。

本作は、1927（昭和2）年にドイツに留学経験を持つ福本和夫を中心に綱領や規約、中央委員の制度が整えられ、日本共産党が再建される場面からはじまり、翌28年に三・一五事件、さらにその翌年の29年に四・一六事件が起き、全国で5千人近くが逮捕され、党指導部が裁判にかけられる場面で終わる。

昭和恐慌の最中に拘留された松本清張も、このような日本共産党の弾圧の歴史に巻き込まれていたのだ。『半生の記』には、清張が留置所に入ったことで、父親に小説を読むことを禁じられた経緯が記されている。「飯といえば、最初入ったとき剝げた木箱の官食を口に入れたが、咽喉がひりひりと痛くて呑みこめない。渇きのためだとは自分で気がつかなかったのである。そういう状態では、飯が石でも呑むように痛いということを初めて知った。〈中略〉留置場から家に戻ってみると、私の本はことごとく父に焼かれてしまっていた。父親は、口では政治がどうのこうのと大言壮語するのに、小心な性格だった。こういうものを読んでいるから思想にかぶれるのだといい、それ以後、私が小説を読むのをことごとく禁じた」(3)。

松本清張が経験した「拷問」に輪をかけて過酷な思想弾圧を経験した日本共産党の歴史は、江戸時代のキリスト教弾圧の歴史を彷彿とさせる。密告者による裏切り、潜伏者の逃亡劇、追い込まれた人々による反乱など、いずれの歴史も悲惨であり、小説の題材としては劇的である。

本作を含む『昭和史発掘』が３００万部を超えるベストセラーになったため、東映社長だった岡田茂の肝いりと、「深作欣二とか神波史男とかタチの良くない連中」の勧めで、「仁義なき戦い」の脚本を手がけた笠原和夫が、「実録・共産党」（未映像化）の脚本を執筆している(4)。「武装共産党を軸にして、〈ああ、決戦共産党〉というのは、どや？」「いや、ハウスキーパーを素材にして、ポルノ共産党で押したら受けるんじゃない？」「幹部の権力争い、資金の浪費、女郎買いなどを描き込んで〈仁義なき共産党〉にすべきだ」など、当初は様々なアイデアがあったらしい(5)。

松本清張も笠原和夫も、この時期の共産党の歴史を描く上で、労働者上がりで熱心な活動家だった渡辺政之輔に着目している。いずれの「作家」も、日本共産党が昭和恐慌の下で党員を増やしながらも、警察に次々とスパイを送られ、解党に近い状態に追い込まれていく姿を「青春劇」として描いている。このような筆致は、「文藝春秋」の連載を基に『日本共産党の研究』を上梓した立花隆の文章を想起させる。『昭和史発掘』の「三・一五共産党検挙」は、東映の実録映画の脚本家から、学術的な著述家まで様々な書き手に影響を与えた「昭和のノンフィクション」の傑作だと私は考える。

(1) 「半生の記」『松本清張全集34　半生の記・ハノイで見たこと』文藝春秋、１９７４年、26頁
(2) 同右　25頁
(3) 同右　25－26頁
(4) 笠原和夫『笠原和夫傑作選　第二巻　仁義なき戦い――実録映画篇　附録』国書刊行会、２０１８年、３頁
(5) 同右　５頁

❹⓪

砂漠の塩

初出 1965年／主な舞台 イラク アンバル州 ルトバ

中東に死地を求める
道ならぬ恋の逃亡劇

少年時代から松本清張は、地図や紀行文、地理の教科書を通して「旅」を夢見ていた。特に小学校6年生の時に出合った田山花袋の『日本一周』がお気に入りの作品で、小倉の街の書店で立ち読みして「一生行けないであろう風土」に憧れを募らせていたという[(1)]。このような彼の「旅」への思いの強さは、『点と線』や『ゼロの焦点』など「穴場」と言える場所の地図が数多く登場し、特急電車を使った「移動の多い物語」に顕著に表れている。

清張が初めて海外の取材旅行に行ったのは54歳の時で、想像以上に遅い。観光目的の海外旅行が自由化されたのが、東京オリンピックが開催された1964年で、清張はこの年に作家としていち早くオランダやフランス、イギリスなどを約20日間のスケジュールで周遊している[(2)]。

この小説の舞台となったエジプトやレバノンにもこの時に立ち寄っており、長編小説の題材として欧州の先進国よりも「中近東の砂漠の国々」を先に取り上げている点に、清張らしい反骨精神を感じる。その後、清張は生涯で20回を超える海外取材を行った。

65年に「婦人公論」に連載された『砂漠の塩』は、日本が経済成長を果たし、裕福な人たちが海外旅行を楽しむようになった時代を象徴する作品である。清張作品としては初めて本格的に海外を舞台にしたもので、レジャーとしての海外旅行からこぼれ落ちる「貧富の差が極端」な中近東の現実感を巧みに取り入れている。本作は日本からパリに向かうエール・フランス機の中から始まり、イラク西部の名も無き砂漠で終盤を迎える。

この小説は日本国内の「鉄道の旅」を描くことの多かった松本清張にとって、「旅の範囲」を拡張する転機となった。清張は読者に国際線で海外旅行をする雰囲気を伝えるべく、本作の冒頭で飛行機の中の様子を次のように記している。社会・風俗史として興味深い描写である。

「機内の客は、ほとんど話し声を絶ち、睡(ねむ)るか、本を読むかしていた。一人の日本娘を含めたスチュワーデスは三時間前に昼食とも夕食ともつかぬものを運んでからは姿を消してしまい、ものうい機関の音だけが足もとに震えていた。乗客は大体三分の一くらいで、三つならんだ椅子席が、どの列も一つか二つ空いていた。／日本人が四割、外国人が六割くらいだった。このパリ行のエール・フランス機の乗客に日本人が多いのは、泰子もその一員となった旅行社の観光団が十五人いるからであった。／男客のほとんどは会社の重役か、中小企業の経営者であった。年齢も四十歳というのが一番若く、ほとんど

が五十以上だった。三週間のヨーロッパ旅行は、各自六十七万円を旅行社に先取りされている」(3)と。この描写は、清張が初めての海外旅行の時に目にした機内の様子を「写生」したものだろう。松本清張は日々のちょっとした経験を、核となる物語の導入部に使うのが上手い。

なお清張は戦争中から英語の勉強を始め、朝日新聞西部本社時代は米軍のPX（売店）でフランケンバーガー夫人に英会話を習い、その後も自宅で英会話の個人指導を受けていたため、新聞社の特派員のように、通訳を介さずに英語で取材することも多かった(4)。

『砂漠の塩』は、別々の家庭を持つ旧知の間柄の真吉と泰子が、それぞれの家庭を捨てて、エジプトのカイロを起点に、砂漠の街をさまよう物語である。日々の生活に疎ましさを感じた女性の自由恋愛を描いた内容で、「婦人公論読者賞」を獲得している。真吉と泰子の逃避行は「張込み」などの過去の清張作品と同様に、戦中・戦後の時代に抑圧されていた男女の恋愛感情を爆発させる力に満ちている。

ただ当事者の2人は「後悔」に似た悲壮な雰囲気に支配されており、時間的な「重み」を持つ複雑な感情の描写が、本作の読み所となる。「感動的な対面になるはずだったのに、それはなかった。日本国内の、大阪からでも帰ったのを羽田で迎えられたような、そっけのない再会だった。この瞬間のために、泰子にも、真吉にも長い長い準備があった。誰にも気づかれないように心を配り、死を見つめての支度だった。これまでの時間の厚みが、そのまま危険の厚みでもあった。すべてがこの一瞬の集中にあった。／だが予期された激情の場面はなかった。泰子は、飛行機に乗りつづけている間、再会の感動的な場面を想像して、少しやりきれないな、とも思っていた。〈中略〉どんなとり乱しかたをするかもしれない。そんなことを考えて、前から気が重くなっていた。だが、むろん、それは羞恥からきている。その証拠に、そういう破綻をみせる自分になることをどこかで望んでいないではなかった」[(5)]と。

このような一節で松本清張は死を目前にした女性の内面を細やかに描き、旅先の風景と結び付けながら、恋愛感情の波を巧みに言葉にしている。

本作は死を決意した2人の逃亡劇であるため、物語の面白みに乏しいが、その一方で中近東の国々を舞台に「訳ありの日本人」の情事を描いている点が新鮮である。全体を通して海外取材で清張が手に入れた「国際感覚」が感じられる作品と言える。

本作の筆致は現代小説で言うと、イランのテヘランで生まれ、エジプトのカイロで育った西加奈子の自伝的小説『サラバ!』を想起させる。この小説はイラン革命を経験し、エジプトに赴任する個性的な家族の姿を描いた直木賞受賞作で、『砂漠の塩』と同様に、異なる文明の価値観と向き合う「国際感覚」に満ちている。

砂漠で死を覚悟し、「次の世界で」という宗教的な言葉を通して愛を育んだ2人の逃亡劇は、「高度経済成長」の先にある価値観を開示している。『砂漠の塩』は海外取材という「新しい武器」を手に入れた清張の旅への思いの強さが伝わってくるスケールの大きな「冒険小説」である。

(1) 「松本清張没後10年特別企画展　松本清張の旅」北九州市立松本清張記念館、2003年、2頁
(2) 同右　8頁
(3) 「砂漠の塩」『松本清張全集19　霧の旗・砂漠の塩・火と汐』文藝春秋、1971年、167頁
(4) 「証言—朝日新聞社時代の松本清張」北九州市立松本清張記念館、2002年、14、16頁
(5) 「砂漠の塩」『松本清張全集19　霧の旗・砂漠の塩・火と汐』文藝春秋、1971年、183頁

41

Dの複合

初出 1965年／**主な舞台** 京都府京丹後市 浦島太郎出生地跡

民俗説話と現代を結ぶ雄大な旅行ミステリ

浦島伝説や羽衣(はごろも)伝説を下地にした松本清張の「古代史の教養」が生きた小説である。『点と線』に連なる「旅行ミステリ」の集大成と言える作品でもある。

天橋立(あまのはしだて)駅から京都府京丹後市の木津(きつ)温泉へ向かう列車に乗り、「流行(はや)らない小説家」の伊瀬忠隆と月刊誌「草枕」の編集者・浜中が、「僻地(へき)ブーム」を背景とした紀行文の取材に向かう「旅情あふれる場面」から始まる。

『「先生、だいぶ山陰(さんいん)らしくなりましたね」〈中略〉若い浜中は、くたびれている伊瀬を何とか慰(なぐさ)めようと途中でもいろいろと話しかけてきたのだが、今も、山陰らしくなった景色のことを言ったついでに、最近、山陰という名前が暗い印象を与えるので改名の動きがあると新聞に出ていたが、由緒のある地名が次々と消えるのは歎(なげ)かわしいことだと言い、山陰道の名は、すでに八世紀の初めごろに知られているはずなのに、と言った。〈中略〉山陰の名は大宝一年（七〇一）が初見で、万葉時代には、南を意味する『影面』に対して『背面』と呼ばれ、暗い感じは伝統的なのだが、浜中はそこまでは言及しなかった」(1)。

この序盤の一節に良く表れているように、本作は、松本清張の「古代史の教養」が、要所要所で生かされた小説である。

『Dの複合』という印象的なタイトルは、日本列島を横断する北緯35度線と、東経135度線の英語表記に「D」が多く使われていることから採ったもので、「北緯三五度、東経一三五度を、英語でフルに書くと、North Latitude 35 degrees,

East Longitude 135 degreesだ。四つのDが重なり合っているから『Dの複合』だ」(2)と説明されている。この作品は北緯35度線と東経１３５度線の上で起きるきな臭い事件の数々を描く。

松本清張は自作にオリジナリティの高いタイトルを付けたことで知られるが、奇抜な小説のタイトルであっても「清張作品」として書籍の売れ行きが見込めるため、出版社も許容していたのだと思う。さほど名の知られていない書き手の場合、編集者や出版社が「売れる」と判断したタイトルを付けないと、企画会議を通し、書籍を出版することは難しい。本作の『Dの複合』というタイトルは、小説の内容に良く合ったもので、ミステリアスな響きで読者の好奇心を刺激する。

小説家・伊瀬の描写はデビューして間もない頃の清張の姿に酷似している。１９５７年から「旅」に掲載された『点と線』が、大ヒット作となり、「清張ブーム」を巻き起こす直前の清張自身をモデルにした作品だと推測できる。「ここのところ原稿の依頼が途絶えて、げんに女房が浜中にいろいろサービスしているのでもわかるとおり、家計が苦しくなっている。女房は、早く引き受けなさいと、眼顔でしきりに伊瀬に催促していた」(3)など、売れっ子になる前の生活を想起させる描写が面白い。

本作は全国各地の伝承を取材し、きな臭い事件に関わりながら、紀行文の連載を記していく作家の姿を描いた「メタ・フィクション」で、「浦島伝説」「羽衣伝説」「補陀落伝説」の三つを軸に「戦前の謎めいた事件」が登場人物たちの「戦後」に与えた「余波」に迫る。

作中で参照される浦島太郎の伝説は『日本書紀』や『万葉集』にも登場する古いもので、唐の「竜女伝」をはじめ、類似した物語が世界各地に存在することで知られる。本作の起点となる京丹後市の網野町には、浦島大明神を祀った網野神社があり、浦島太郎の出生地や終焉の地などの「怪しげな史跡」も残る。この小説では戦前に生じた「海上事件」で網走刑務所に収監され、その履歴を消去したある人物が、竜宮城に滞在したことで「故郷喪失」に陥った浦島太郎に重ねて描かれている。

羽衣伝説については「堕天女」のような存在として「計算狂」と言われる発達障がいに似た症状がある美女・坂口みま子が描かれることで、作品に妖艶な雰囲気が付与され、本作の核心に迫るヒントが暗示されている。補陀落伝説は、補陀落渡海とも呼ばれ、一人で舟に乗り、外海に出て、南方の彼方にある浄土を目指す、中世に流行した「捨身の行」のことで、本作では東経１３５度線の海上で起きた戦前の殺人事件がこの伝説に重ねられている。

『Dの複合』は他の清張作品に比べて知名度こそ低いが、戦後の日常から「戦前の影」を映し出すことを得意とする清張らしい完成度の高い作品である。小説の舞台も魅力的で、兵庫県の城崎温泉や鳥取県の三朝温泉など日本海側の観光名所を起点として、北緯35度線と東経１３５度線上の土地を舞台に、重厚なミステリを展開している。

小説の後半には「《Dの複合》案内図」が「民族説話をさぐる旅」という副題と共に挿入され、北海道と沖縄を除いた日本地図の上に「浦島伝説所在地」「羽衣伝説所在地」「補陀洛伝説所在地」の3つがマッピングされている。読者サービスの行き届いた松本清張らしい仕掛けである。

このような古代の伝承をもとに現代小説を展開する筆致は、奈良県の天川村や愛媛県今治市の大三島、新疆ウイグル自治区などを舞台にして、キトラ古墳に描かれた天文図の謎をモチーフとした池澤夏樹の『キトラ・ボックス』を想起させる。この作品は古代史ミステリとして、清張の遺作『神々の乱心』にも通じるテーマ性を有している。

『Dの複合』は、清張の代表作の中ではやや遅い時期に書かれた作品ということもあり、さまざまな清張作品の長所を融合したミステリ小説と言える。「一気に殺すよりも、その秘密を知る第三者が、この世にいることを思わせて、徐々に恐怖に陥れたほうが効果が強いからです」[4]という終盤の一節に、熟練のミステリ作家らしい高い技量が表れている。

本作は「邪馬台国ブーム」の火付け役となった『古代史疑』（66〜67年）とほぼ同じ時期（65〜68年）に「宝石」誌上に連載され、「古代史ミステリ」と言える物語を展開した重厚な内容だ。『点と線』の続編である『時間の習俗』と比べても、現代小説として新しい試みに満ちた「前衛小説」とも言える。

(1)「Dの複合」『松本清張全集3　ゼロの焦点・Dの複合』文藝春秋、1971年、209頁
(2) 同右　351頁
(3) 同右　211頁
(4) 同右　441頁

42

内海の輪

初出 1968年／主な舞台 兵庫県西宮市 蓬莱峡

互いの人生を破壊する込み入った恋愛感情

松本清張が描く男女の恋愛劇は、結婚し、子供を持った後に読むと理解が深まると言われる。清張が41歳でデビューしたことも影響しているのだろう。短編「内海の輪」は、所帯を持った男女が、六甲山地の蓬莱峡で密会する大人向けの恋愛小説で、岩下志麻と中尾彬の出演で映画化され、日本のサスペンス映画の型を作った。岩下は「影の車」「鬼畜」「疑惑」などの清張原作の映画でも「中年女性の感情」を体現しているが、本文中の言葉を借りれば、主人公の男が「受け身の陶酔」に浸ってしまうような妖艶な魅力を備えている。

この小説は考古学を専門とする大学助教授の宗三が、かつて兄嫁だった美奈子と逢瀬を重ね、窮地におちいっていく話である。「危険は考えられた。知った人に目撃されることだけではない。ぐんぐん圧してくるような女の情熱だった。これに引きずられている自分が分かっているだけに、のっぴきならない立場に連れて行かれそうであった」[1]という宗三の心情が、2人の恋愛の生々しさを物語る。

平凡な女・美奈子の「すれていない性質」が、兄に裏切られて離婚し、20歳年上の男と再婚して商売を軌道に乗せ、宗三と逢瀬を重ねる「欲望の源泉」として描かれている点がリアルである。「外に現われたこまかな動作を美奈子は観察していたように思う。宗三の奥深い感情の微細な粒が女の感覚の光線に当てられて浮かび、それを彼女は素知らぬげに集めて眺めながら微笑していた——

そんな気がするのである。／宗三は美奈子の嬌態を発見しておどろいた。飾り気のない、素朴に近いくらいピュアーな感じの彼女にそんなものが秘められていたのかとまじまじと見つめる思いであった。娼婦のような外見の女よりも、こうした素人女のほうが厚いコケットリー[2]を持っていた」[3]という一節に、2人の関係の複雑さが集約されている。松本清張は物語の要所で中年の男女のちょっとした心のすれ違いを、繊細な言葉で描き出すのが上手い。

宗三が弥生時代の腕輪である「ガラス釧」を、美奈子と最後に会った蓬莱峡で見つけたことが、宗三の運命を左右していく筋書きが、考古学に造詣の深い清張らしい。「吾妹子は久志呂にあらなむ左手の　吾がおくの手にまきていなましを」という「釧」にまつわる万葉集の歌の引用も効果的である。これは「あなたが釧だったら、左手の手首に巻いて一緒に旅立つのに」という意味の歌である。日本で発見例の少ない「ガラス釧」が、宗三が関わる「事件の中心」に据えられ、万葉集のロマンチックな歌と共に登場している点に、「万葉考古学」を信奉する清張のミステリ作家としてのオリジナリティーの高さが感じられる。

その一方で宗三が美奈子を断崖(だんがい)から突き落とす場面は、上記の万葉歌とは対照的に、リアルで残酷である。「高所恐怖症の美奈子が目まいを起こし、両手で顔を掩(おお)ったとき、支えていた彼の手が背中を強く押したのである。瞬間に美奈子が身体を前に傾けて崖上(がけうえ)から消えた。彼女は短い声を出したが、絶叫ではなかった。こんなとき映画やテレビ劇では女が大きな悲鳴をあげるが、嘘だと知った。恐怖の作用で声など出るものではない」(4)と。推理小説で人間の生死にかかわる部分を描くとき、松本清張の筆致は「文学性」を高める。このような描写に、衛生兵として従軍した経験が生きているのだと思う。

弥生遺跡の新発見地が「事件の現場」だったという設定は、一見すると出来過ぎたものだが、妊娠をほのめかし、脅(おど)してくる美奈子に「危険」を感じ、情事の後、崖から突き落とす「残酷さ」を薄める物語上の工夫と言えるだろう。犯行の動機に着目すれば、実に利己的で救いのない場面である。

作品の全体を通して、蓬莱峡や水上(みなかみ)温泉、有馬温泉などの温泉地を舞台にしつつ、美奈子と宗三の、破綻(はたん)が予期される「危険な関係」が描かれていく。元兄嫁であった美奈子の妊娠を知らされた後の宗三の「暗い将来」のシミュレーションが、小説に不穏な空気を醸(かも)し出していく。「美奈子の家出。上京。かくれ家。出産。養育――わずらわしい場面が瞬間に暗く次々と映る。妻との争い。兄弟の蔑視(べっし)。風評。主任教授からの言い渡し。……」。このような宗三の追い詰められた心境に気付かず、美奈子は安堵(あんど)した様子で眠っている。「彼は、赤の他人のように何のかかわりもなく眠りこけている横の女を呪詛(じゅそ)した。この女ひとりのためにおれは破滅に陥(おちい)っている」(5)といった心の底から搾(しぼ)りだされたような言葉が、宗三が殺人に手を染める「平凡な動機のリアルさ」を物語る。

この小説は1968年に「週刊朝日」に連載された作品で、高度経済成長で手に入れた「豊かさの先」を追い求める中年の男女の「欲望」を軸にした作品だと解釈できる。宗三が地方から出稼ぎにきたタクシー運転手をぞんざいに扱ったことで「しっぺ返し」を受ける内容も、地方から都市に多くの人々が移住した高度経済成長期の作品らしい。タクシー運転手の証言が、名声を手に入れた大学助教授の宗三を追い込む「切り札」となる点に、清張らしい「既得権益者」に対する怨念（おんねん）が感じられる。

美奈子が殺害される蓬萊峡は、黒澤明監督の「隠し砦（とりで）の三悪人」などの映画やドラマのロケ地として知られるが、『ゼロの焦点』の舞台となった能登半島の「ヤセの断崖」とともに、清張作品を代表する「グッドクリフ」だと言えるだろう。

このような風光明媚（めいび）な場所を舞台に、新しい価値観を持った女性を描く筆致は、西伊豆を舞台に、新しい時代の女性らしい「人生観」を描いた、吉本ばななの出世作『TSUGUMI』を想起させる。『TSUGUMI』と比べると、本作の内容はどろどろしているが、感情の表現は瑞々（みずみず）しく新鮮である。

「内海の輪」は、新しい時代を生きる男女が抱える込み入った恋愛感情が、相互の人生を破壊していく姿を描いた、危険度の高い「自由恋愛小説」である。

(1) 「内海の輪」『松本清張全集9　黒の様式』文藝春秋、1971年、371頁
(2) 女性のなまめかしい姿の意味
(3) 「内海の輪」『松本清張全集9　黒の様式』文藝春秋、1971年、385頁
(4) 同右　441－442頁
(5) 同右　427頁

3 | 1970年代

43

黒の図説Ⅱ　遠い接近

初出 1971年／主な舞台 大韓民国 ソウル特別市 竜山(ヨンサン)

戦中に抱いた私怨(しえん)から「半沢」顔負けの復讐(ふくしゅう)劇

1943（昭和18）年に34歳を迎える松本清張は、満20歳の時に受けた徴兵検査で第二乙(おつ)種の判定を受けていたことから、教育召集のため、久留米(くるめ)の歩兵連隊の所属となる。『半生の記』に記されている通り、清張は長らく広告図案の版下を描いており、朝日新聞の九州支社（当時）で働き始めたのも「嘱託(しょくたく)」という身分で、33歳でようやく広告部の正社員となることができた。しかし正社員になった直後に教育召集を受け、生活不安に脅(おびや)かされることになる。

臨時召集を受け、補充隊に転属し、清張は相対的に安全なソウル市外の竜山(ヨンサン)連隊に移ることができたが、『半生の記』によると両親と妻、3人の子供を養うことで頭がいっぱいだったという。ひとつ前にニューギニアに送られた部隊は輸送船が撃沈されて全員溺死(できし)したという噂(うわさ)があり、「残した家族の生活保障」について日々考えていたらしい(1)。

ただ文藝春秋で清張の担当をしていた半藤一利(はんどうかずとし)は、清張が召集された部隊がニューギニア戦線に送られる可能性はなく、同時期に30代の古兵が数多く硫黄(いおう)島(とう)に送られて、ほとんど戦死していることから、「清張さんも硫黄島だったかもしれない」(2)と述べている。

清張が30歳を超える年齢で召集された理由は、市内で実施されていた軍事教練を受けていなかったためらしい。ただ松本清張の妻・直子によると、この召集理由は言いがかりだったという。「出征する前の話ですが、当時は『隣組』という制

度があって、防空演習などをご近所みんなでやりました。主人に、その隣組の組長になるようにという話があったのです。もうご近所にも若い方は誰もいらっしゃらなくなりましたしお引き受けしたのですが、そういう時も、ただ『やれ』と言われたからなっただけでなく、『引き受けたからには責任をもつ』と、演習なども一生懸命でした」(3)と。本作を読むと、小倉市役所の兵事係が軍事教練の出席状況を把握し、懲罰として「赤紙」を送ったと記されており、庶民の日常まで行き届いた「官僚機構の監視の目」の怖さが伝わってくる。

松本清張全集の「着想ばなし」によると、『遠い接近』は、召集を決めた兵事係への「怒り」を込めて書かれた作品だという(4)。業務とはいえ、役人が「懲罰」として「赤紙」を送る権限を持ち、庶民の生死を左右する時代は恐ろしい。妻・直子によると、清張は出征の時に、「戦争に行く人だけが戦火にあうのではなく、銃後の皆さんも何が起こるかわからない。空襲もあるかもしれないから、気を付けてください」(5)と挨拶をしたらしい。現実に清張が召集された翌年の1944年7月にサイパン島の守備隊が玉砕し、アメリカ軍はサイパン島を拠点として日本本土への空襲を本格化させた。小倉は広島に投下されたウラン235を使用した原子爆弾の第2投下目標であり、長崎に投下されたプルトニウム239を使用した原子爆弾の第1投下目標でもあった。

『遠い接近』の主人公の山尾は、清張と同じ印刷画工として、神田の小川町裏で印刷所の仕事を請け負い、両親と妻と3人の子供を養っていた。彼は仕事が忙しく町内の軍事教練に参加できず、清張と同様に徴兵検査で「第二乙種」という判定を受け、衛生兵として教育召集を受けてしまう。本作は「赤紙」の発行をめぐる兵事課職員の権限の大きさと、戦時中に金持ちや有力者に赤紙を出さなかった「不正行為」を告発している。赤紙は兵籍名簿から兵事係が名前を抜き出して作成されていたが、そこには「手心」が大きく介在していたらしい。

半藤一利によると、このような「赤紙」をめぐる「不正行為」の描写は、「文藝春秋」の記事「『兵隊製造人』の手記」[6]を参考にしたらしい。戦争で生死の境をさまよった経験を持つ人々や、その家族にとって「赤紙」をめぐる「不正行為」は許しがたいものだった。

戦中を描いた『遠い接近』の前半部では、衛生兵として山尾が経験した軍隊内での人間関係が描かれている。古兵の安川が「鬱積した精力の捌け口」として私的制裁を繰り返していたため、戦争以前に軍隊内での「生存」が「中年の兵士」にとってシリアスな課題となっていたのだ。「セミ啼き、自転車踏み、などという軍隊では普遍的な制裁も、年齢をくった新兵には辛かった」と記されていることを考えれば、清張自身の経験を踏まえた描写なのだと思う。戦後を描いた後半部は、小説の雰囲気が一変し、山尾に「赤紙」を出した元兵事係長・河島への復讐劇となる。清張らしい「私怨」がみなぎる内容で、皮革・ゴムなどヤミ物資の売買で財をなした古兵・安川との両義的な関係が読み所となる。

戦中に抱いた強い復讐心を、戦後に果たそうと試みる山尾の姿は、現代の作家で言えば、池井戸潤の『オレたちバブル入行組』からはじまる半沢直樹シリーズを想起させる。銀行員だった池井戸の分身と言える半沢直樹をはじめ、彼の小説の主人公は、苦境を耐え忍び、状況を逆転させる手掛かりを必死で見つけ出し、大復讐劇を成し遂げることが多い。

本作は1971年から72年にかけて「週刊朝日」に連載された「黒の図説」シリーズの第9話である。60年代に発表された『昭和史発掘』や『日本の黒い霧』などノンフィクション作品の成果を踏まえつつ、松本清張が自己の体験を記した特異な「私小説」と言える。『遠い接近』は全共闘運動が下火になり、高度経済成長が終わりを迎えつつある時代に、戦中・戦後の自己の経験を「私怨（しえん）」と共に蘇（よみがえ）らせた、清張にしか書き得ない「復讐小説」である。

(1)「半生の記」『松本清張全集34　半生の記・ハノイで見たこと』文藝春秋、1974年、48頁
(2)「朝鮮の風景・衛生兵の日常―清張の軍隊生活　半藤一利・小森陽一」「松本清張研究　2016　第十七号」北九州市立松本清張記念館、2016年、12頁
(3)「仕事と家族。その他は全く無頓着な人でした」『松本清張生誕110年記念　清張地獄八景』文藝春秋、2019年、160頁
(4)「月報1　着想ばなし（1）」『松本清張全集39　黒の図説Ⅱ』文藝春秋、1982年、月報1頁
(5)「仕事と家族。その他は全く無頓着な人でした」『松本清張生誕110年記念　清張地獄八景』文藝春秋、2019年、160頁
(6)神戸達雄「『兵隊製造人』の手記」「文藝春秋」文藝春秋、1955年2月号、231-237頁

㊹

馬を売る女

初出 1977年／主な舞台 東京都荒川区 日暮里繊維街

競馬ブームを取り入れ 暗い世相を女に投影

一般に「女性を他者として描けるかどうか」が男性作家の筆力を測る基準だと言われる。この意味で松本清張は「時代の雰囲気をまとった女性」を描くことのできる一流の作家であった。

１９７６年に67歳を迎える清張は、ミステリからノンフィクションなど、さまざまな作品でベストセラーを世に送り出してきたこともあり、毎日新聞社の全国読書世論調査で「好きな著者」の第1位となる。また「私説古風土記」「清張通史」など古代史に関する連載でも新たな読者を開拓し、本作が日本経済新聞に連載された77年には朝日新聞社主催の「邪馬台国シンポジウム」で司会を務め、「国民作家」として世代やジャンルを超えた人気を獲得していた。

このような時期に連載された『馬を売る女』は、日本経済がオイルショックで行き詰まり、鉄鋼業や造船業など重厚長大な産業が衰退していく「暗い時代」を背景に、一人の独身女性の「儚い希望」を浮き彫りにした作品である。

主人公の星野花江は、繊維問屋街にある「日東商会」で社長秘書として働く女性である。東京では日暮里に繊維街があり、現在でも生地を求める手芸愛好家でにぎわっている。

ただこの作品が書かれた70年代後半は着物など和装の需要が落ち込み、合成繊維も日本は韓国や台湾との激しい価格競争に直面していた。日東商会の２次下請けの洋裁店主・八田英吉が、資金繰りに行き詰まり「事件」を引き起こす

背景には、繊維産業の「不況の影」が感じられる。

日本の繊維産業は、明治初期から絹織物を中心として「近代化」を担い、戦後も合成繊維の生産を中心として「復興」の中核を担ってきたが、この作品が書かれた時期は衰退期に足を踏み入れていた。「納期は急がれるし、納品のチェックはきびしい。使用人の給料は、物価の上昇に見合って適当にアップしなければならず、そのぶんの値上げは認められなかった。／堀江はその親会社の日東商会が業界の不況でじぶんのほうも値上げしてくれないからだといっていた。それは堀内の理由だろうが、繊維業界の不況はまぎれもない事実なので、彼の大義名分を八田英吉も打破することはできなかった」(1)と、本作には、この時期の「繊維業界」の「納期」や「値上げ」をめぐる身も蓋もないやり取りが記されている。

花江はこのような「繊維産業の不況」を体現した存在である。彼女は日東商会から給料をもらうだけでは満足せず、同僚に月7%の利息で金を貸して蓄財している。その上、社長秘書の立場を生かし、馬主を務める社長の電話を盗聴して「競走馬の極秘情報」を入手し、それを会員制の組織に流して月平均で約30万円の副収入を荒稼ぎしている。77年の大卒初任給（国家公務員）が9万１９００円だったことを考えると[2]、花江の副収入がいかに高額だったか分かるだろう。

本作で松本清張は、彼女をプライベートでは新興宗教に入信している「信仰心の強い女性」として、職場では会社から必要とされている「有能な女性」として描いている。「日東商会は女子の給料も男子とそれほど格差がないという。『民主的』な会社だったうえ、彼女は高校を出てすぐに入社したため、すでに十三年の勤続者であった。それだけでも、扶養家族手当こそなかったが、基本給は上の方だし、秘書としての能力給も付いていた。／――能力給の制度がある点が、他の労組をもつ会社と違っていた。〈中略〉かなりの手当額であろうというのが大部分の推量であった。というのは社長秘書は星野花江一人だけだし、しかも彼女は有能であった。てきぱきと仕事ができたし、秘書であれば当然に社長の個人的な、社員にはあまり知られたくない面にもふれることになるが、その点で彼女はまことに口が固く、うってつけであった」[3]。

人付き合いに関心が薄く、独身の花江が繊維産業に見切りをつけ、蓄財した金で「アパート経営」を夢見る筋書きに、この時代の「暗い希望」が感じられる。「星野花江は彼によってはじめて肉体的な歓びを得た。彼女は三十一歳になって青春を開かされ、陶酔と恍惚に浸ることができた。〈中略〉彼女は、これまで自分とはまったく縁のなかった恋愛の仲間に参加できて、その人生観をかなりな程度修正した」[4]という一節が、花江が内に秘める「甘く切ない感情」を喚起する。１９８２年に放映された大映テレビ・ＴＢＳ製作のドラマ版は、「お願い!もう一度だけ好きだといって…」という副題が付され、花江を風吹ジュン、八田を泉谷しげるが演じ、不器用な男女のメロドラマが展開されている。

競馬を題材とした現代小説の名作は少ないが、本作の筆致は、競馬場の雰囲気とそれを愛する人々との思い出を活写した高橋源一郎の『競馬漂流記』を想起させる。高橋の競馬探偵シリーズや『競馬漂流記』が刊行された1990年代は、すでに競馬は娯楽として一般の人々に広まっていたが、「馬を売る女」が発表された77年は、地方競馬から中央競馬に勝ち上がったハイセイコーが「国民的な人気」を博し、競馬が娯楽としての知名度を高めて間もない時期だった。大衆の欲望の流れに敏感な清張は、小説の題材として「競馬ブーム」を取り入れたかったのだと思う。清張作品には各作品が発表された時代の社会風俗が、さりげなく反映されている。

松本清張全集の「着想ばなし」によると、清張は知り合いの私立探偵所の所長から、馬主同士で交換している情報の「漏洩(ろうえい)事件」について聞き、本作を記したらしい[(5)]。清張は小説を書くために古本屋や私立探偵、編集者や学者などさまざまな人々との間に情報ネットワークを築いていたことで知られる。『馬を売る女』は「競走馬の調子」という価値の高い情報が裏取引されていた事実を元に「暗い世相」を一人の女性に投影して描いた儚いラブロマンスである。

(1) 「馬を売る女」『松本清張全集41　ガラスの城・天才画の女』文藝春秋、1983年、435頁

(2) 人事院「国家公務員の初任給の変遷（行政職俸給表（一））」〈https://www.jinji.go.jp/kyuuyo/index_pdf/starting_salary.pdf〉最終アクセス2023年9月28日

(3) 同右　404頁

(4) 同右　441頁

(5) 「月報6　着想ばなし（6）」『松本清張全集41　ガラスの城・天才画の女』文藝春秋、1983年、月報2頁

㊺

空の城

初出 1978年／主な舞台 カナダ ニューファンドランド・ラブラドール州

豪華客船の幻影を重ね 総合商社の内実を描く

「氷山と衝突したのだったら、その氷をかいてきてオンザロックをつくってくれ」と、タイタニック号の乗客は、豪華客船が沈む直前でもジョークを飛ばしていたと言われる。人は巨大な船や巨大な組織の中にいると外界への危機意識が鈍くなり、「空気」に流されて時に誤った判断を下してしまう。本作で松本清張は、日本を代表する総合商社が倒産の危機に陥っていく姿を、タイタニック号が沈没していく姿に重ね合わせている。

総合商社とは、資源や原料を輸入し、付加価値の高い品物を輸出することで経済成長を果たしてきた「高度経済成長期の日本」を象徴する企業である。特に日本はエネルギー自給率が低いため、総合商社の事業の中でも「資源分野」が重要だとされる。ただ石油や天然ガスなどの資源は、国際情勢によって激しく価格が変動するため、総合商社にとっては、利益率が高い代わりにリスク含みの商品となる。

本作は、日本の「十大総合商社」の一つの江坂産業が、石油部門での「出遅れ」を挽回するために、カナダのニューファンドランド州にある製油所に出資すべく、豪華客船・クイーンエリザベス二世号で接待を受ける場面から始まる。英語の話せない日本の商社マンがパーティー会場で「迷い子」のようになり、高額の投資をしたにもかかわらず、チャーチルの孫やシカゴ銀行の頭取など、英語圏の要人たちから相手にされない姿は何とも物悲しい。

この小説は1977年に実際に起こった安宅(あたか)産業の破綻(はたん)事件をモデルにしている。安宅産業を想起させる「江坂産業」は、八幡製鉄所との取引で成長した歴史ある大企業であり、「石橋をたたいても渡らない」と言われる堅実経営で知られていた。ただ高度経済成長期に入り、他の総合商社と比べて「資源分野」での出遅れが鮮明になったため、江坂アメリカ社長兼総支配人だった上杉二郎がレバノン系アメリカ人商人のサッシンと交渉し、ニューファンドランド州の製油所に出資していく。

NHKのドラマ版は「ザ・商社」というタイトルが付され、山崎努と夏目雅子の主演でテレビ大賞を獲得するなど高い評価を得た。ハワイ生まれの上杉が「英語屋」と言われ、差別的な扱いを受けながらも資源分野に乗り出し、日本にいる江坂産業の役員たちを見返そうとする「ギラギラした姿」が印象に残る。

日系人の立場で「総合商社」で働く上杉の複雑な心境について、松本清張は本作で次のように記している。

「ハワイ生まれの二世といわれることに彼はどれだけ被差別感を受けたかしれない。『二世』には日本人扱いしてくれない語感がある。ということは江坂の普通社員からも差別されているのである。日ごろは目立たないが、何かのときにはそれを思い知らされる。／それを変えてくれたのがいまの大橋会長だった。大橋は当時ＧＨＱ対策の渉外部長だった。この人が自分の才能を認めてくれた」[1]と。

現実に日本の「戦後復興」や「高度経済成長」には、多くの日系人が「差別」を受けながら、様々な形で貢献してきた。本作には、高度経済成長期に忘却された「日系人の戦後日本への貢献」を思い出させる次のような一文が記されている。「江坂産業に入社した当時からこれまで言われつづけたものに『英語つかい』とか『英語屋』があった。これほど人格を無視した蔑称はなかった。江坂産業がＧＨＱから過度経済力集中排除法の指定をうけ、数十項目にわたる質問書に翌日回答しなければならないとき、渉外部のつくった回答原文をアメリカ人に馴染みのいい言葉に翻訳し、指が腫れるほど徹夜でタイプを叩いた。〈中略〉あの男は二世だからね、正規な、教養ある英文ではないが、平俗な米語にはさすが馴れたものだ、その点、調法で便利だ、というのがせいぜいの彼への評価であった」[2]と。

ドラマ版では、このような差別的な扱いに負けることなく、江坂アメリカの社長となった上杉役の山崎の演技と、そのワイルドさに惹かれた、松山真紀（原作では簑田麻知子）役の夏目の妖艶な演技が光る。合計３００分に及ぶＮＨＫドラマ・スペシャルの演出は、清張と親しい間柄だった和田勉が務め、「3年にわたる構想期間、4ヵ国にまたがるロケーション、6ヵ月におよぶ制作期間」が費やされて、従来のテレビドラマにないスケールの大きさな作品に仕上げられている[3]。

小説の内容もドラマチックで、特に上杉と対立した江坂産業社主・江坂の「目利き」が、骨董だけではなく、上杉やサッシンへの人物評としても鋭いものだったという落ちが、皮肉のこもった「余韻」を残す。

人を見る目というのは、容易には養えないものであり、生き馬の目を抜く世知辛い世の中では、誰しもが誰かに騙されて、食い物にされるリスクを潜在的に抱えている、というみもふたも無い事実を、本作は想起させる。金や組織を維持することよりも、優れた人を維持することの方が難しい。

この小説の「江坂産業」のモデルとなった安宅産業は、現実にカナダの製油所へ巨額融資に乗り出す。しかし第1次オイルショックのきっかけとなった1973年に第4次中東戦争（イスラエルとアラブ諸国の戦争）が勃発し、運悪く石油をめぐるビジネスは投機性を高めてしまう。結果として安宅産業は事業に失敗し、2千億円を超える不良債権を出し、わずか4年後の77年に伊藤忠商事に吸収合併されてしまう。この破綻劇は、日本経済の国際的な信用を低下させ、事後処理に政府や日銀が動く緊急事態をもたらした。清張はいち早く安宅産業の破綻理由を日本の読者に「体験」させるべく、本作を「文藝春秋」で78年1月号から連載した。

この小説で清張が総合商社を描く筆致は、現代小説で言えば、バブル崩壊後の日本を舞台に、アメリカや中国のファンド、日本のメガバンクと格闘する主人公を描いた真山仁の『ハゲタカ』を想起させる。オイルショックを背景にした安宅産業の破綻劇は、高度経済成長の終わりを感じさせる内容で、本作は、総合商社で活躍する「日系二世」の存在に着目したオリジナリティの高い「経済小説」と言える。

(1)「空の城」『松本清張全集49　空の城・白と黒の革命』文藝春秋、1983年、51頁
(2) 同右
(3) DVD版「ザ・商社」NHKエンタープライズ、2001年

46

黒革の手帖

初出 1978年／主な舞台 東京都中央区 銀座

男性社会に恨みを抱く女性行員の報復物語

手書きで文章を書くことは、思考と身体感覚を結びつける重要な「器用仕事」だと思う。器用仕事とは、フランスの文化人類学者レヴィ＝ストロースが『野生の思考』で言及した、手持ちの道具や情報を組み合わせ、新たな価値を生み出す「創造的な作業」を意味する[1]。2022年のワールドカップでサッカー日本代表の森保監督が手書きでメモを取り、ドイツやスペインに勝利を収めた姿が、現代的な「器用仕事」として海外メディアで大きく報道された。黒革の手帳にメモを取る行為は「昭和の風景」だが、現代においても身体性を伴って新たな思考を生み出す上で重要な「器用仕事」だと言える。

松本清張の『黒革の手帖』は、男性の補助的な仕事を割り当てられ、支店に「生き字引」として残り続けた女性の銀行員が、男性たちの悪事を記録した黒革の手帳を武器に復讐を遂げる物語である。男女雇用機会均等法が施行されたのが、バブル経済の最中の1986年。高度経済成長期からバブル経済期にかけて多くの女性行員は、責任の生じる仕事から外され、出世が約束された男子行員のサポートを強いられていた。

本作は78年から80年にかけて「週刊新潮」に連載された晩年の清張の代表作の一つで、女性行員の「怨嗟」を核として物語を構成している点がユニークである。2004年に「テレビ朝日開局45周年企画」として放映されたドラマ版では、米倉涼子が主演を務め、悪事に手を染める男たちと対峙する芯の強い女

性を演じた。

松本清張は本作の主人公の造形について、松本清張全集の「着想ばなし」で次のように述べている。「『黒革の手帖』では女主人公を銀行員に設定した。銀行では行員の転勤がとくに激しい。全国津々浦々に支店があるからだ。支店の新開設は銀行間の営業競争によってますます多くなる。かくて男子行員は転勤のたびに地位が上がってくるが、女子行員は動かない。出世して出て行く男子行員を見送り、出世して戻ってくる彼らを迎えるだけである」[2]と。銀行という生活に身近な場所で働く人々をじっくりと「写生」した清張らしい表現である。

かつて銀行では、容姿端麗で人当たりのよい女性が「接客係」として採用され、窓口で見初められて「寿退社」することが期待されていた。「窓口で見そめられて、ウチの嫁に、と良縁を得る例も少なくない。／だが、それほどの美貌にも恵まれずに、結婚の機会もなく、『四角い、白い壁』の中で年とってゆく女子行員だってあろう。彼女は、男子行員の出世を傍観し、同僚、後輩の結婚を見送って『白い檻』の中で単調な仕事をつづけてゆく。といった環境の女性がこの小説のヒロインである」(3)と清張は記している。

窓口の仕事を後輩にゆずり、「寿退社」が期待される時代に、結婚することなく、「東林銀行」に「支店の生き字引」として残り続けた主人公の原口元子は、銀行が裏で取り扱う「架空名義預金」を横領して、銀座にバーを開業することを決意する。架空名義預金とは、預金者が税金対策のために架空の名義で預けたお金で、元子はこのような「支店の裏金」の流れを黒革の手帳に記録し、男性行員たちを脅して7568万円を横領することに成功するのである。

本作は、冷遇された一人の女性行員が、銀行が象徴する「戦後日本の硬直化した金融行政（護送船団方式）」に一石を投じ、自由を獲得する場面から華々しく始まる。

元子は銀座に「カルネ（フランス語で手帳の意味）」というバーを開き、日本社会の既得権益層から金銭を巻き上げていく。堕胎手術で儲けた金を税務署に申告せず、架空名義預金として着服してきた産婦人科病院長の楢林や、政治家と関係が近く、裏口入学の斡旋を行って巨額の財産を築いてきた「医科進学ゼミナール」理事長の橋田など「時代を象徴する悪人たち」が元子の標的にされる。

連載当時、清張は60代後半だったが、本作の復讐劇は高度経済成長期に記した代表作と比べても遜色ないほど面白い。「わたしはバアの内情に詳しくないので、この小説を書くにあたり、その方面の専門家に種々助言してもらった。〈中略〉主要な登場人物はまったくのつくりごとである。これによってバアの裏面が完全に出たとはとうてい思えない」(4)と清張は記している。

元子が抱く「入行以来、ながいあいだ愛情のかけらもみせてくれなかった周囲への心理的報復」の物語は、清張らしい「社会派の動機」に裏打ちされたものである。「世の中がこんなに面白いものとは思わなかった。なんと変化に富んでいることか。女でも、頭の働かせかた一つで堂々と勝負ができるのだ。実力が発揮できる。なにか、ぞくぞくとした喜びがこみ上がってくる。〈中略〉世の中がこんなに色彩豊かだとは思わなかった。このように力が振るえ、それに手応えがもどってくる世界とは想像してなかった。やりがいがある。なんのバックもなく、金もない三十女のやることだ。まともでないのは当然ではないか。それは今までの窒息死しそうな長い生活のお返しである」(5)という元子の躍動(やくどう)する心情描写が、この小説の魅力を高めている。手帳に手書きでメモを取るという「昭和のサラリーマンらしい行為」を通して、一人の女性が男性中心的な社会と対峙する孤独な姿は、社会風刺としても説得力を持つ。

女性行員の「怨嗟」を核とした本作の筆致は、現代小説では、東京郊外の弁当工場で働く女性たちが、死体隠滅(いんめつ)を請け負いながら、男性が中心に居座る家庭や社会に復讐していく姿を描いた桐野夏生の『OUT』を連想させる。清張が『黒革の手帖』で描いた元子の「器用仕事＝復讐劇」は、米国で最高のミステリ小説に与えられるエドガー賞にノミネートされた『OUT』と同様に、現代でも国際的に評価され得る「創造的な価値」を有していると私は考える。

(1) クロード・レヴィ＝ストロース著、大橋保夫訳『野生の思考』みすず書房、1976年
(2) 「月報7　着想ばなし（7）」『松本清張全集42　黒革の手帖・隠花の飾り』文藝春秋、1983年、月報1－2頁
(3) 同右　2頁
(4) 同右
(5) 「黒革の手帖」『松本清張全集42　黒革の手帖・隠花の飾り』文藝春秋、1983年、102頁

㊼

ペルセポリスから飛鳥へ

初出 1979年／**主な舞台** イラン ファールス州 ナクシュ・イ・ルスタム

古代文化の源流を探る
清張史観の「総決算」

松本清張が古代史ブームを先導した功績をたたえて、西九州新幹線の新駅に「邪馬台国」という名称を採用してはどうだろうか。「九州説」のスポークスマンだった清張の筆跡を借りて「邪馬台国」の看板を掲げれば、「畿内説」を信奉する人々も訪れたくなるかもしれない。「邪馬台国」の名称が駅名や地名に無いのは寂しく、「佐賀・邪馬台国」と「奈良・邪馬台国」の二つの駅が併存しても、古代史への浪漫が掻き立てられ面白いと思う。

松本清張の『邪馬台国　清張通史1』は次のような一節からはじまる。「河川は切れめなく流れている。どこを区切りようもない。水に上流と中流とのさかいめはないし、中流と下流の境界もはっきりしない。〈中略〉歴史もそのとおりで、その時代区分へ、便宜的に名前をいろいろつけているが、その区分のところで、たとえば、映画の場面転換のように、ぱっと歴史がきりかわるわけではない。流れの水を切ることができないのとおなじである」[1]と。

１９７９年に刊行された『ペルセポリスから飛鳥へ』は、清張が抱いてきた「河川の流れ」のような古代史観の「総決算」と言える作品である。メソポタミア文明を継承するペルシャ帝国の文化と、日本の飛鳥文化や九州の古代遺跡の類似点に着目している点が大胆で、話題となった。

ＮＨＫの「清張古代史をゆく」を制作するために、68歳の清張がロケ隊を引き連れてイランを訪れたのは78年の8月から9月にかけてである。ホメイニが

先導するイラン革命が翌79年2月に起き、イラン・イラク戦争が始まったのが80年の9月からである。清張が訪れた時期のイランは、パフラヴィー王朝末期の混乱の最中であった。当時、主要都市には戒厳令が敷かれており、映画館の焼き打ち事件や学生デモが頻発し、多数の死傷者が出ていたという[2]。

大使館や商社の日本人が「異口同音にテヘランを離れることに反対する」中で、清張は「千載一遇の好機」を逃すまいと、古代ペルシャの遺跡に「飛鳥の痕跡」を探す「命懸けのロケ」に出発する。

「ペルセポリス前の駐車場で、ハイヤーの運転手と雑談をする。彼はイスファハンの人間である。きのう妻と電話で話したが、イラン放送は去る金曜日の騒動で死者を四九人と発表したが、英国系ラジオ放送は死者約二百人、負傷者にして病院にかつぎ込まれた者千人以上と告げたという。公式のイラン放送発表よりも英国系放送の数字が真実だと彼は言った」[3]と本文で記しているように、清張は英語を使って現地の人々とコミュニケーションをとり、情報を収集していたため、ロケのリスクの高さを理解していた。同行したNHKのディレクターは、この時のことを振り返って次のように記している。「『火の路』

の作者は、ここで『昭和史発掘』や『日本の黒い霧』の作者に変貌していた。あらためて、松本さんの多面性を再認識すると同時に、好奇心の凄さに舌をまいたことだった」[4]と。

本作に記されている通り、日本の古代文化の源流は多様なものである。たとえば古墳時代の後期に建立された飛鳥寺の大仏は「日本最古の仏像」として知られるが、後の仏像とは表情が大きく異なり、面長でアーモンド状の眼を持ち、ユーラシア大陸に点在する大仏との類似点が指摘されている。

また猿石や亀石など飛鳥地方に点在する石造物も、仏教の影響下で作られたものとは意匠が大きく異なり、日本史のミステリの一つに数えられてきた。清張は73年から連載した『火の路』や本作で、この時代の飛鳥にはペルシャ人（イラン人）と共にゾロアスター教が伝来しており、飛鳥寺の建築やミステリアスな石造物の制作に深く関与していたという自説を打ち出している。

ゾロアスター教は、火を崇拝することから「拝火教」とも言われ、光明神のアフラ・マズダーを最高神とする一神教である。ユダヤ教やキリスト教に影響を与え、唐時代の中国にも広がっていた。イランという名称もゾロアスター教の聖典「アヴェスター」から採られたもので、正倉院の宝物として知られる白瑠璃碗は現在のイランから持ち込まれている。「中国の絹だけに限定されるイメージをもつシルクロードの名は早急に改めるべきであろう」という本作の清張の考えは確信に近く、ペルシャと飛鳥の間には「拝火教の道＝火の路」や「青銅器の道」「薬草の道」などがあったと述べている。

「古代ペルシアの経済成長は中継交易による利益であった。東西交易路は、北の草原地帯と南のオアシス通路とがあったが、ペルシアはこの南のオアシス通路の重要なまんなかを押さえていたのである」[5]と。古代ペルシアが中継貿易で得た利益は大きく「西のレバノンの杉、ホラズミアのトルコ石、東のガンダーラのヤカの木、北のバクトリアの金、ソグディアナのザクロ石、南のエジプトの黒檀（こくたん）、エチオピアの象牙（ぞうげ）など、ペルセポリス宮殿建築材料に朝貢（ちょうこう）されたものだが、それはそのまま東西各地域の交易商品であった」(6)という。

本文の記述の通り、清張が率いるＮＨＫのロケ隊は、ペルセポリスの北にある巨岩遺跡ナクシュ・イ・ルスタム周辺で、飛鳥時代の石造遺物・益田の岩船に似た祭壇を発見し、ペルシャ人の都（ペルセポリス）と飛鳥文化の共通点を発見していく。

『ペルセポリスから飛鳥へ』で示される清張の古代史観は、一見するとインドやアフガニスタンの文明を一神教的な影響の強いものとしてアジアの文明と区別した梅棹（うめさお）忠夫の文明史観とは異なる。ただ、日本の文明を東洋という枠組みを超えた多様なものとして、実地調査を基に考察した点では梅棹の『文明の生態史観』などの「文明批評」を彷彿（ほうふつ）とさせる。本作『ペルセポリスから飛鳥へ』で清張が提示した日本の古代文明と西洋の古代文明のルーツを重ねる歴史観は、「日本古代史のロマン」を「世界史のロマン」へと架（か）橋（きょう）する文学的なドラマに満ちた独創的なものである。

(1) 「邪馬台国」『松本清張全集55　邪馬台国・私説古風土記』文藝春秋、１９８４年、５頁
(2) 「月報18　着想ばなし(17)」『松本清張全集55　邪馬台国・私説古風土記』文藝春秋、１９８４年、月報４頁
(3) 「ペルセポリスから飛鳥へ」『松本清張全集55　邪馬台国・私説古風土記』文藝春秋、１９８４年、３７１頁
(4) 同右
(5) 「ペルセポリスから飛鳥へ」『松本清張全集55　邪馬台国・私説古風土記』文藝春秋、１９８４年、３７２頁
(6) 同右　３７２－３７３頁

4 | 1980~90年代

㊽

骨壺の風景

初出 1980年／**主な舞台** 福岡県北九州市 旦過市場

故郷の記憶をたどる「鎮魂」の自伝的小説

松本清張は立志伝中の人である。貧しい家庭に生まれ育ち、尋常高等小学校を卒業後、給仕や画工の仕事を経て40歳を超えてデビューし、時代を代表する作家となった。清張の人生は、清張が記した小説の登場人物たち以上にドラマチックで「文学的」である。清張による「自伝的小説」の代表は１９６３年から記された『半生の記』だが、これに次ぐ作品が幼少期から思春期まで最も身近な存在だった祖母「ばばやん」について記した80年発表の「骨壺の風景」である。清張自身がばばやんの年齢に近づいた70歳で発表され、初期の名作短編「父系の指」と同じく「新潮」に掲載された。

本作は次のような印象的な書き出しで始まる。「両親の墓は、東京の多磨墓地にある。祖母の遺骨はその墓の下に入ってない」と。清張の両親は、清張が朝日新聞西部本社の社員の立場で芥川賞を受賞し、上京して作家として成功を収めた後に亡くなったが、祖母は一家が貧困の底にあった31年に83歳で亡くなった。昭和恐慌の最中だったこともあり、両親は自らが営む飲食店の家賃が払えず、清張が勤めていた印刷所もつぶれ、祖母の葬儀も満足に営むことができなかった。

本作は、作家として成功を収めた清張が記憶を頼りに、小倉の寺に一時預けにしたままのばばやんの骨壺を探しながら、昭和初期の貧しかった時代の記憶をひもといていく内容である。親族の中で清張が最もばばやんを愛しており、

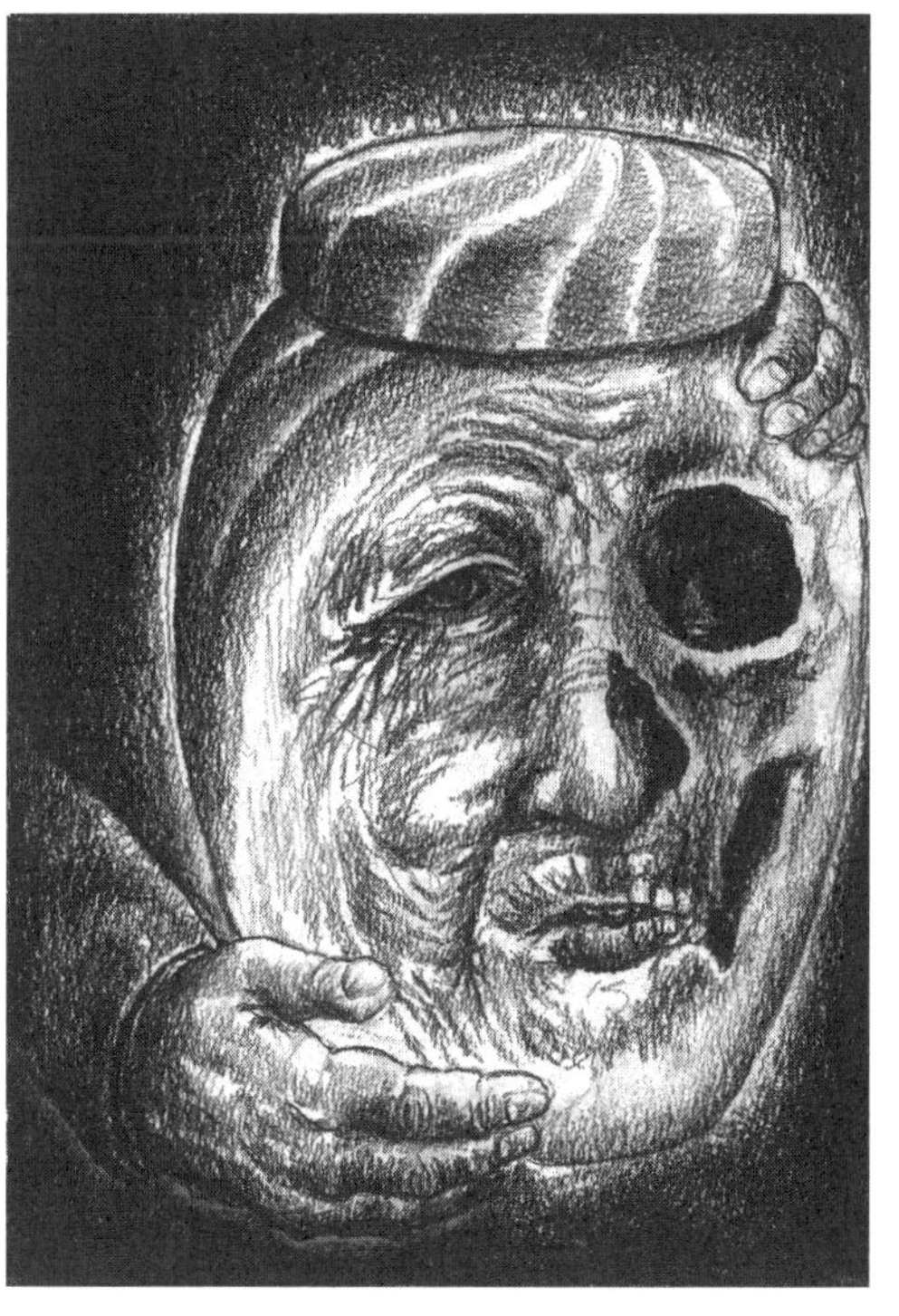

清張は「額が出て、眼が細く、頬が高く、鼻が肥え、うすい唇が横にひろかった」というばばやんの「死に顔」を色紙にスケッチしたという。

松本清張は記憶を頼りに「ばばやん」の遺骨を預けた寺を訪れるべく、小倉の中央図書館に問い合わせ、戦前の小倉市地図を手掛かりに、大満寺という寺を探し当てる。翌日、寺に電話すると過去帳に「ばばやん」こと「松本カネ」の名前が見つかり、遺骨は他の一時預かりの遺骨とともに合葬塔に埋葬されていたことが判明する。

「私は祖母の骨の形をぼんやりと憶えている。係員が竈の鉄の抽出しから長い箸で灰の中から撰り分けてくれたのは、白い骨の数片だった。一晩じゅう焼いたのだが、灰にはまだ温もりがあった。私は本堂の仏壇の前に居たときよりも、この野天の墓積み塔の下に祖母の存在を捉えられて、実感が逼った。清さん、遠いところをよう来てくれたのう、と祖母は手で私を撫でて言っているようでもあるし、もっと早う迎えに来てつかあさいや、と恨み言をいっているようでもあった。祖母が手で私を触りだしたのは眼が見えなくなってからである。来年は五十回忌です、と住職はくり返して言った」[1]。作家として大成した後に「ばばやん」の「墓」を探し当てたことに対する松本清張の複雑な感情が伝わってくる一節である。

この小説は、戦前の小倉の下町の風景やそこで貧しい生活を送っていた人々の感情を「集合的記憶」としてすくい取った優れた「純文学作品」でもある。清張の出生地が広島市であることは「父系の指」などの作品や、幼児期の写真の台紙に「広島京橋」と記されていることから明らかだが[2]、清張にとって故郷と言える場所は半生を過ごした小倉だった。

「骨壺の風景」以外で小倉の下町を描いた作品では、清張が14歳から働いた川北電気時代の思い出を記した「河西電気出張所」も味わい深い。「自由といっても、それはその間だけ絶望的な気持を紛らわすことだった。信一は、叔父の言うように中途半端な人間になりそうな仕事についたのを悔やんだが、それ以上に両親を扶養する義務を呪詛した。〈中略〉一人子として甘やかされた幼時の代償を、父も母も要求しているように思えた。／信一は小説を読んでいたが、それは文学でも娯楽でもなく、苦から遁れるための阿片だった。使いに出て疾走する自転車の上から眺める見知らぬ人々の流れのように、小説は未知の風景をうっとりと見せてくれた」[3]という一節に、若き清張の「小説を介した未知の土地への渇望」が感じられる。

清張は貧しく、小倉から旅立つことができない自分を想像上の旅に誘ってくれる小説に人生の活路を見いだした。彼が『点と線』など旅を題材とした作品で作家として地歩を築くことができたのも、このためである。この小説は、自己のルーツであり、ばばやんと長い時間を過ごした小倉の紺屋町や中島通りの家の記憶を手繰り寄せる「心の旅」を、自伝とも「旅行記」とも言える文体で記した晩年の傑作である。
本作の筆致は、行き場を失った「私」が、尼崎で牛や豚の臓物を串に刺す仕事に従事する日々を描いた車谷長吉の直木賞受賞作『赤目四十八瀧心中未遂』を想起させる。この小説は「骨壺の風景」と同様に、正気と狂気が入り混じったような「厳しい生活」を振り返った内容で、人間の生死を越えた「温度の無い悲しみ」を浮き彫りにすることに成功している。

清張は祖母の骨壺を探しに行くきっかけとなった思い出について、小倉時代の日々を振り返りながら、次のように述べている。「私は、小さいときから他人のだれからも特別に可愛がられず、応援してくれる人もなかった。冷え冷えとした扱いを受け、見くだす眼の中でこれまで過ごしてきた。その環境は現在でもそれほど変わってないと思っている。が、とくにひどい落伍もしないで過ごせたのは、祖母がまぶって(4)くれているようにときどきは考えたりする」(5)と。この一節は、清張が「人生の底」を生きる人々の「温度のない悲しみ」に寄り添い、失われた時の中でばばやんの「骨壺の重さ」を感じることができる「不世出の叩き上げの作家」だったことを雄弁に物語っている。

(1)「骨壺の風景」『松本清張全集65　老公』文藝春秋、1996年、295頁
(2) この点については文藝春秋で長年、松本清張の担当を務めた藤井康栄が詳しく検証している。「『半生の記』を考える　一　三枚の写真」『松本清張の残像』文春新書、文藝春秋、30－35頁
(3)「河西電気出張所」『松本清張全集65　老公』文藝春秋、1996年、195頁
(4) まぶっては、守っての意味。「守」の音変化が「まぶる」である。
(5)「骨壺の風景」『松本清張全集65　老公』文藝春秋、1996年、291頁

㊾

疑惑

初出 1982年／主な舞台 富山県富山市（本作ではT市）

先入観に基づく冤罪（えん）
世論あおる報道批判

先入観による冤罪（えんざい）事件を描いた松本清張、晩年の名短編である。新宿の暴力団と関係が深く、詐欺（さぎ）、恐喝（きょうかつ）、傷害で前科4犯の悪女・鬼塚球磨子（くまこ）を主人公に据（す）えている点が、さまざまな「悪女」を描いてきた清張作品らしい。妻を亡くした資産家・白河福太郎の後妻となった球磨子が、3億円の保険金詐取（さしゅ）の目的で夫を助手席に乗せて埠頭（ふとう）の岸壁から車で海に飛び込み、水死させたとされる事件の真相に迫る。初期の名短編のように、物語のハイライトが次々と目に浮かぶ映画向きの作品である。

一般に保険金詐欺というと殺人事件を連想するが、保険金詐欺に関する論文(1)に眼を通してみると、保険金殺人は思ったよりも件数が少ないことが分かる。保険金詐欺の中では、交通事故関連が多く、事故を偽装したり、被害を大きめに申告する事例が多くを占める。本作を描く上で、清張はこのような「交通事故による保険金詐欺の多さ」を知識として有していたと推測できる。清張のミステリは、ベテラン刑事が長年の捜査経験を通してようやく知り得るような「世に埋もれた真実」をもとに構築されることが多い。

清張は小説を執筆するにあたり、神田の古書店街で警察関係の資料を多く収集していた。たとえば最晩年の1990年から91年にかけて「文藝春秋」に連載された「老公（ろうこう）」は、西園寺公望（きんもち）の「坐漁荘（ざぎょそう）」を警備していた静岡県警察部が編纂（へんさん）した資料を基に記されている。

「疑惑」は清張の晩年の短編の代表作の一つである。容疑者とされた球磨子が大正時代に千葉県で発生した連続殺人事件「鬼熊事件」を想起させる名前で、前科持ちだったため、犯人に違いないという先入観を強めてしまう。事件の起きたT市の「北陸日日新聞」や東京の出版社系週刊誌の記者たちは、彼女を「北陸一の毒婦」と名付け、「誰がどう見ても球磨子はクロ」という世論を作り上げてしまう。

本作が描いた冤罪事件＝「昭和の鬼熊事件」は、松本サリン事件や袴田事件など、現実に起きた冤罪事件と同様に、私たちの身近な場所で起こり得るものだ。日本の捜査では、事前に作ったシナリオに即して容疑者の自白を誘導したり、不都合な証拠を隠蔽したり、捏造することが少なからずある。「鬼塚被告が無罪になるのが、そんなにイヤなのかね？」「鬼塚は一審で無罪になると、たとえ検察側の控訴があっても、保釈となって拘置所を出てくるからね」という作中の弁護士のセリフは、球磨子が冤罪であったことが判明すると「はしご」を外され、「お礼参り」の的にされることを恐れる記者たちを批判している。

「疑惑」は1982年に「オール讀物」誌上で発表され、桃井かおり主演の映画版も人気を博した。岩下志麻のインタビュー記事によると、桃井かおりは脚本にないアドリブを多く口にしていたという。「桃井さんは撮影中、脚本通りの台詞ではなく、監督とディスカッションした後、前日にご自分で考え抜いて作ってくる。当日、現場で桃井さんが口にする台詞に、脚本を頭に入れて準備してきた私が『え！　そうなるの』って驚く（笑）」[2]と。原作が短編ということもあり、映画版には「行間」を埋める余地があり、桃井かおりの「原作にないアドリブ」が、コミカルさと、シリアスさの双方が織り交ざったオリジナリティの高い雰囲気を醸し出している。

北陸の資産家・福太郎の親族に嫌われ、前科4犯の悪女として世間から爪はじきにされてきた球磨子が、悪徳なイメージとは正反対に「被害者」であり、「無罪」だったという筋書きは、冤罪事件を描いたミステリ小説の中でも強いインパクトを残す。球磨子の国選弁護人は、原作では男性だったが、映画版では女性に変更され、「鬼畜」などの清張作品で「悪女」として名を上げてきた岩下志麻が演じている。

この設定の変更は、監督の野村芳太郎が松本清張と相談して、岩下を起用するために行ったものだったという。映画版は桃井と岩下の「W悪女」が物語を牽引していく強烈な内容で、「球磨子はクロ」という世論と闘う「W悪女の雄姿」が見どころとなる。

桃井と岩下が決裂するラストシーンが印象に残る映画で、上述の岩下志麻の「週刊文春」の記事には、このシーンが「アドリブ」の演技だったことが記されている。「桃井さんにワインを浴びせられる場面では赤が際立つだろうなって、最初から白いスーツを選びました。彼女は勢いよくかけてくるかと思ったら、本番ではボトルを持ってダラダラと浴びせてきたのね。だから咄嗟に私は桃井さんの顔めがけてピシャッと一気にやり返しました（笑）」[3]と。この作品は、松本清張が自作の映画化に関与するために、野村芳太郎と共に設立した「霧プロダクション」の2作目で、清張もロケ地の富山市に足を運び、自動車が海に転落する場面を見学している。

「黒革の手帖」など晩年の清張作品には、「男性社会に復讐する訳ありの女性」が主人公になる作品が少なくない。本作は映画版の質の高さも含めて、その代表作の一つと言える。松本清張は自己の作品の映像化に際して「自由にやってください」と述べていたことで知られるが(4)、本作「疑惑」はその中でも「原作を魅力的に脚色した指折りの作品」だと私は考える。

この小説の筆致は、１９５８（昭和33）年に盛岡で起きた一家惨殺事件の再捜査に挑む刑事の姿を描いた島田荘司の『涙流れるままに』を想起させる。島田は福岡で実際に起きた事件の真相に迫った『秋好英明事件』など、冤罪を題材としたノンフィクションも記しているが、清張の「疑惑」は島田のような後続世代の本格推理小説と比べても見劣りしない。冤罪を背負わされた容疑者と弁護士の「時流に反する心の強さ」と、報復を恐れる記者たちの「時流に乗った心の弱さ」の双方を浮き彫りにした本作は、社会派の作家＝清張らしい異色の「法廷ミステリ」と言える。

(1) 古橋喜三郎「保険金詐欺対策の動向に対する新たな視点」「損害保険研究」公益財団法人 損害保険事業総合研究所、82巻2号、１４５－１７０頁
(2) 岩下志麻「清張映画で〝大人の女〟になった」「週刊文春」文藝春秋、２０１７年11月2日号、１５３頁
(3) 同右
(4) 和田勉「聖優松本清張先生」『松本清張生誕１１０年記念　清張地獄八景』文藝春秋、２０１９年、２５５頁

50

神々の乱心

初出 1990年／主な舞台 奈良県吉野郡吉野町

新興宗教を通して描く 見えざる宮中の暗部

満州事変が起きた2年後の1933（昭和8）年の日本を舞台に、新興宗教・月辰会研究所と宮内省の女官たちの関係を創作的にひもといた松本清張の未完の遺作である。1960年代に発表された清張作品のように、めくるめく事件が引き起こされ、「社会派らしいトリック」が展開されるスリリングな小説ではないが、新興宗教を通して昭和維新期の不穏な時代の雰囲気を巧みにとらえた作品と言える。神器を用いた「シャーマニズムの信仰」の根源に迫る内容で、大正天皇の妃である貞明皇后と、昭和天皇の妃である香淳皇后の対立を創作的に織り込むなど、一般にタブー視されてきた大正から昭和初期にかけての「皇室内の対立」について、想像を交えながら鋭く切り込んでいる。

文庫版の「編集部註」によると、松本清張は二・二六事件など『昭和史発掘』の執筆過程でこの時代の史実と新興宗教の関係に深い関心を持ち、本作の構想を20年にわたって温めていたという[1]。清張は『昭和史発掘』で取り上げた「事件」の数々の中でも、二・二六事件に強い関心を持ち、戦前の日本の「権力構造の闇」に迫ったことで知られるが、本作は20年の時を経て、新興宗教を切り口にして類似した題材を取り上げた作品と言える。

遺作『神々の乱心』は『昭和史発掘』と同じく「週刊文春」の連載である。日本でも屈指の発行部数を持つ「週刊文春」の連載を執筆しながら82歳の生涯を終えた点に、清張の物書きとしての志の高さが感じられる。『昭和史発掘』な

ど松本清張の作家生活・41年のうち、30年間を文藝春秋で担当した藤井康栄（やすえ）のエッセイ「生涯原稿十二万枚」によると、松本清張は「生涯で書き上げた作品数は、約千点、推計原稿枚数十二万枚。このうち、全体の四分の一が文藝春秋の各誌に掲載されたもの」[2]だったという。

文藝春秋と清張の関係の深さについて藤井は次のように記している。「清張は菊池寛（かん）が文藝春秋を創立する前から、芥川や菊池を読んでいました。だからもちろん一号からのファン。創刊号から読者で、後半は執筆者としてかかわったという人はこの人くらいじゃないでしょうか」[3]と。彼にとって文藝春秋は、作家になる以前から特別な出版社であり、その各誌の中でも最大の発行部数を持つ「週刊文春」の連載が遺作となったことは、栄（は）えある名誉（よ）であった。

清張はデビューこそ41歳と遅かったが、残りの執筆期間は41年と、他の作家と比べても長い。この作品は推理小説や時代小説、ノンフィクションの書き手としての経験が生きた内容で、考古学への関心と昭和史への長年の関心が溶け合った「作家生活の総決算」と言える長編である。

物語は特高係長の吉屋謙介が、大正期に

起きた大本教事件のように、天皇の権威を脅かす新興宗教団体を取り締まるべく、月辰会研究所を調べるところからはじまる。時代は軍人や超国家主義者、宗教家などが国家改造を目指した昭和維新の最中で、1932（昭和7）年には血盟団事件が起き、井上準之助前蔵相や三井財閥を率いる団琢磨が暗殺され、その後、五・一五事件が起き、犬養毅首相が暗殺され、政党政治が終わりを迎えていた頃である。多くの人々が先行きに不安を覚える時代に、華族の次男坊の集まりを取り仕切る萩園泰之と、特高係長の吉屋が新興宗教・月辰会の謎をひもといていく。

たとえば次の一節に本作が取り上げているテーマのまがまがしさが集約されている。

「宮中は、平安朝以来迷信の横行する所だ。迷信にひっかけて陰謀も跋扈する。反対派の臣が、井上皇后と皇太子を除くために、天皇に呪詛をかけたと云いふらして皇后母子を処刑させた例もある。明治後期には疑似神道の予言者、『穏田の行者』飯野吉三郎が宮中に信寵の深い婦人教育者をとりこみ、わが国のラスプーチンもどきに一世を震撼させた。そこには大逆事件の影もあった」(4)と。終盤にかけて月辰会が三種の神器の一つである八咫鏡を想起させる鏡と、稲妻模様が入った満州から持ち帰った鏡を使った儀式で有力者の支持を集め、宮中に接近していく展開が際どく、シャーマニズムと天皇制のルーツに「ミステリ」を通して迫った論争的な内容である。

前述の「編集部注」によると、松本清張は「昭和六十年頃、〝世紀末〟をテーマにした出版物が増えてきたことに嫌悪感を示していた」という。本作の構想段階では「商社や同族会社の実態、旧軍関係のテーマ」が挙げられていたが、昭和の時代が終わろうとしていたこともあり、「新興宗教と宮中という題材」が採られたのだという。「本作品への著者の思いは深く、連載中から週刊誌の切り抜きに手を入れ始め、前半部分の決定稿を藤井に渡していた。亡くなったとき、書斎の机の上には赤字の入った後半部分の切り抜きが置かれてあった」[5]という。

本作『神々の乱心』のように、一般にタブー視される題材を通して昭和史の闇に切り込む作風は、大本教を連想させる神道系の新興宗教団体「ひのもと救霊会」が、昭和初期に弾圧され、神殿をダイナマイトで爆破され、戦後には進駐軍と対立し、武装蜂起に至るプロセスを描いた高橋和巳の『邪宗門』を想起させる。

大陸での阿片売買で蓄積した資金を元手に、満州で手に入れた「神器」を使って新興宗教団体を発足させるという『神々の乱心』の筋書きは、高橋和巳の『邪宗門』などを除けば、他の日本文学に類似作が少なく[6]、笠原和夫が脚本として記した「日本暗殺秘録」など、任侠映画に近代史の暗部を交えた「半時代劇」に似ている。『神々の乱心』は清張の遺作にふさわしい、昭和史のタブーに切り込んだ日本の文学史に明記すべき問題作である。

(1) 松本清張『神々の乱心　下』文春文庫、文藝春秋、２０００年、４４０頁
(2) 藤井康栄「生涯原稿十二万枚」『松本清張生誕１１０年記念　清張地獄八景』文藝春秋、２０１９年、２０８頁
(3) 同右
(4) 松本清張『神々の乱心　上』文春文庫、文藝春秋、２０００年、２９６頁
(5) 松本清張『神々の乱心　下』文春文庫、文藝春秋、２０００年、４４１頁
(6) 『邪宗門』と『神々の乱心』の比較については、原武史『松本清張の「遺言」』文春文庫、文藝春秋、２０１８年を参照した。

松本清張の代表作と類似した作風・題材を持つ現代小説等の一覧

＊清張作品は初出年を記載

❶西郷札　1951年……佐藤正午『鳩の撃退法』2014年
❷或る「小倉日記」伝　1952年……西村賢太『どうで死ぬ身の一踊り』2006年
❸菊枕　1953年……桜庭一樹『赤朽葉家の伝説』2006年
❹父系の指　1955年……中上健次『枯木灘』1977年
❺張込み　1955年……角田光代『空中庭園』2002年
❻顔　1956年……湊かなえ『贖罪』2009年
❼共犯者　1956年……絲山秋子『エスケイプ／アブセント』2006年
❽小説日本芸譚　1957年……今村翔吾『塞王の楯』2021年
❾点と線　1957年……有川浩『阪急電車』2008年
❿一年半待て　1957年……川上弘美『真鶴』2006年
⓫地方紙を買う女　1957年……姫野カオルコ『昭和の犬』2013年
⓬鬼畜　1957年……天童荒太『永遠の仔』1999年
⓭眼の壁　1957年……村上春樹『羊をめぐる冒険』1982年
⓮無宿人別帳　1957年……米澤穂信『黒牢城』2021年
⓯黒地の絵　1958年……大江健三郎『取り替え子　チェンジリング』2000年
⓰ゼロの焦点　1958年……宮本輝『幻の光』
⓱黒い画集　遭難　1958年……綾辻行人『霧越邸殺人事件』1990年
⓲小説帝銀事件　1959年……坂上泉『インビジブル』2020年
⓳波の塔　1959年……江國香織『神様のボート』1999年
⓴歪んだ複写　1959年……塩田武士『朱色の化身』2022年
㉑霧の旗　1959年……綿矢りさ『勝手にふるえてろ』2010年
㉒天城越え　1959年……佐藤泰志『そこのみにて光輝く』1989年
㉓黒い福音　1959年……東野圭吾『虚像の道化師　ガリレオ7』2012年
㉔日本の黒い霧　下山国鉄総裁謀殺論　1960年……森達也『下山事件（シモヤマ・ケース）』2004年
㉕日本の黒い霧　追放とレッド・パージ　1960年……加藤典洋『アメリカの影』1985年
㉖球形の荒野　1960年……半藤一利『日本のいちばん長い日』2006年
㉗わるいやつら　1960年……佐藤究『テスカトリポカ』2021年
㉘砂の器　1960年……吉田修一『怒り』2014年

㉙影の車　１９６１年……桜木紫乃『ラブレス』２０１１年
㉚連環　１９６１年……北村薫『中野のお父さん』２０１５年
㉛時間の習俗　１９６１年……辻仁成『真夜中の子供』２０１８年
㉜けものみち　１９６２年……平野啓一郎『ある男』２０１８年
㉝北の詩人　１９６２年……金城一紀『ＧＯ』２０００年
㉞花実のない森　１９６２年……柳美里『ＪＲ上野駅公園口』２０１４年
㉟陸行水行　１９６３年……田辺聖子『隼別王子の叛乱』１９７７年
㊱絢爛たる流離　１９６３年……馳星周『少年と犬』２０２０年
㊲半生の記　１９６３年……宮部みゆき『火車』１９９２年
㊳昭和史発掘　芥川龍之介の死　１９６４年……山崎豊子『ぼんち』１９５９年
㊴昭和史発掘　三・一五共産党検挙　１９６５年……笠原和夫「実録・共産党」１９７４年
㊵砂漠の塩　１９６５年……西加奈子『サラバ！』２０１４年
㊶Ｄの複合　１９６５年……池澤夏樹『キトラ・ボックス』２０１７年
㊷内海の輪　１９６８年……吉本ばなな『ＴＳＵＧＵＭＩ』１９８９年
㊸黒の図説Ⅱ　遠い接近　１９７１年……池井戸潤『オレたちバブル入行組』２００４年
㊹馬を売る女　１９７７年……高橋源一郎『競馬漂流記』１９９６年
㊺空の城　１９７８年……真山仁『ハゲタカ』２００４年
㊻黒革の手帖　１９７８年……桐野夏生『ＯＵＴ』１９９７年
㊼ペルセポリスから飛鳥へ　１９７９年……梅棹忠夫『文明の生態史観』１９６７年
㊽骨壺の風景　１９８０年……車谷長吉『赤目四十八瀧心中未遂』１９９８年
㊾疑惑　１９８２年……島田荘司『涙流れるままに』１９９９年
㊿神々の乱心　１９９０年……高橋和巳『邪宗門』１９６６年

主要参考文献

『松本清張全集　１〜６６』文藝春秋、１９７１年〜１９９６年
『新潮日本文学アルバム　４９　松本清張』新潮社、１９９４年
阿刀田高『松本清張あらかると』光文社知恵の森文庫、光文社、１９９７年
「松本清張研究　創刊準備号〜第二十三号」北九州松本清張記念館、１９９９年〜２０２２年
林悦子『松本清張　映像の世界』ワイズ出版、２００１年
藤井康栄『松本清張の残像』文春新書、文藝春秋、２００２年
文藝春秋編『松本清張の世界』文春文庫、文藝春秋、２００３年
森史朗『松本清張への召集令状』文春新書、文藝春秋、２００８年
川本三郎『東京は遠かった　改めて読む松本清張』毎日新聞出版、２０１９年
『松本清張生誕１１０年記念　清張地獄八景』文藝春秋、２０１９年
『松本清張推理評論集　１９５７―１９８８』中央公論新社、２０２２年
『任務　松本清張未刊行短篇集』中央公論新社、２０２２年

おわりに

松本清張が「社会派」の作家と呼ばれたのは、日々の生活を守るために犯罪に手を染めてしまう、ごく普通の人々を主人公に据（す）えたからだと思う。清張は「叩（たた）き上げ」の作家らしく、最下層を生きる人々の現実感を積み上げて「犯罪を生み出す社会」を描いた。現代日本でも都市と地方の格差や、人々の所得や教育環境の格差などが広がり、清張作品が有するリアリティは高まっている。

これから戦後復興期や高度経済成長期は、これまで以上に「歴史」になっていくと私は考える。大学入試でもこの時期の歴史に関する出題が増えており、戦後史はこれまで以上に高等教育の現場でも重要な意味を持つと思う。現代を生きる私たちが「戦後史」から学ぶことは思いのほか多い。清張作品は、戦後復興期や高度経済成長期が有していた「集合的記憶」を、庶民の視点から「血肉化された歴史」として体感させる小説として、再評価されていくと私は考える。松本清張は、様々な雑誌が創刊され、大衆文化が拡張していく時代を代表する作家でもあった。

私は長崎で生まれ育ったこともあり、長らく小倉で育った清張に親しみを覚えてきた。長崎と小倉は福岡を挟んで反対の位置にあるが、重工業や炭鉱に雇用を支えられてきた点で、九州北部の中でも街の風土や人々の雰囲気がよく似ている。

北九州市の松本清張記念館は、松本清張の作品が紡ぎ出す「集合的記憶」を次世代に伝える拠点として、魅力的な場所である。小倉は、松本清張が生まれた日露戦争後から、戦争を経て戦後復興、高度経済成長に至る時代を牽引してきた重工業が発展した街である。清張作品は小倉の「集合的記憶」を伝えるという点でも高い価値を有している。

松本清張が国民作家になった大きな要因として、本書でも言及した通り、映像化された作品の商業的成功の大きさを挙げることができる。特に短編は「行間」を埋める余地が多く、著名な監督や役者たちが様々なアプローチで映像化してきた。「一年半待て」や「共犯者」など歌舞伎や落語の人気演目のように、時代を越えてリメイクされてきた映像作品も多い。日本映画が衰退していく時代の中で、テレビ・ドラマ版が長期にわたって製作され、時代を代表する役者たちが松本清張の物語世界を体現してきた。清張原作の映像作品は、各時代の雰囲気を伝えるメディア・文化史的な高い価値を有している。

松本清張は52歳で東京都の井の頭線の線路沿いに自宅を新築し、82歳で亡くなるまで居住している。電車の音をうるさく感じるよりも、「電車に乗って働いている人がいる」ことを感じながら、懸命に執筆に励んでいたという。電車の音に「社会」を感じ、それに乗って「働く人々」の様々な「欲望」に思いを馳せながら、線路沿いに住むことをポジティブにとらえた。

この本は、有名な清張作品をほとんど網羅し、映像化された主要な作品についても取り上げている。清張はテレビが映画に代わり、メディアとして力を持った時代に、作品が次々とドラマ化され、知名度を高めた作家である。この本を、映像版も含めた清張作品のガイドブックや入門書として手に取っていただければ幸いである。

本書は西日本新聞に連載された「松本清張はよみがえる」（２０２２年8月～２０２３年5月、全50回）をもとにしたものである。単行本化にあたり、各回の原稿に大幅な加筆修正を施（ほどこ）している。

新聞連載時には、西日本新聞社のくらし文化部の前デスクの内門博さん、東京支社報道部・文化担当の佐々木直樹さんにお世話になった。書籍化に際してはくらし文化部の現在のデスクの小川祥平さんと、同社の首藤厚之さんにご助力を頂いた。くらし文化部の皆さまにも多くのご配慮を頂き、『現代文学風土記』（西日本新聞社、２０２２年）に続き、新聞連載をもとにした書籍を刊行することができ、松本清張が半生を過ごした九州北部で生まれ育ったことの喜びを嚙（か）みしめることができた。ここに記して感謝申し上げる。

２０２４年1月1日

酒井信

●著者プロフィール

酒井信（さかい・まこと）

1977年、長崎市生まれ。明治大学准教授。早稲田大学卒業後、慶應義塾大学大学院政策・メディア研究科後期博士課程修了。博士（政策・メディア）。慶應義塾大学助教、文教大学准教授を経て現職。専門は文芸批評・メディア文化論。著書に『現代文学風土記』『吉田修一論　現代小説の風土と訛り』『メディア・リテラシーを高めるための文章演習』など。

松本清張はよみがえる
国民作家の名作への旅

２０２４年３月１日　初版第１刷発行
２０２４年７月31日　第２刷発行

著　者　酒井信
装画・挿絵　吉田ヂロウ
地図製作　酒井真由美
カバーデザイン　松元博孝（PISTON）
発行者　田川大介
発行所　西日本新聞社
〒８１０-８７２１　福岡市中央区天神１-４-１
ＴＥＬ　０９２-７１１-５５２３（出版担当窓口）
ＦＡＸ　０９２-７１１-８１２０
ＤＴＰ・校閲　西日本新聞プロダクツ
印刷・製本　シナノパブリッシングプレス

ISBN 978-4-8167-1011-7 C0095
西日本新聞オンラインブックストア
https://www.nnp-books.com/